不思議プロダクション

堀 川 ア サ コ

幻冬舎文庫

不思議プロダクション

目次

第一話　ものまね

1

シロクマ大福は、青森を活動の場とするものまね芸人である。

得意のイタコおろしをはじめとして、大物芸能人から鳥から獣から、だれも知らない彼の小学校の恩師にまで、器用に真似おおせる。

しかし、芸人たるもの、ただ真似るだけでは足りない。

おもしろおかしく真似るのこそが肝心。

ひとたび大福が真似れば、大物芸能人も鳥も獣も、だれも知らない彼の小学校の恩師も、捧腹《ほうふく》絶倒のネタとなる。その巧みさに、おかしさに、皆が涙を流して笑い転げる……か？

実際には、お客が涙を流して笑い転げるところを、大福はまだ見たことがない。

それでもいつか、全国放送の電波に乗って、日本津々浦々の茶の間に笑い声を響かせたい。

胡蝶蘭《こちょうらん》が飾られた楽屋で出番を待ちながら、師匠なんぞと呼ばれてみたい。そんな夢は人一倍持っている。

成就しない夢は、発酵するか腐るものだ。

己の夢が発酵しているのか腐っているのか、大福は考えないようにしている。それはさながら、絆創膏《ばんそうこう》の下の傷だ。放置した糠床《ぬかどこ》の中に置き忘れたキュウリだ。土葬された遠い先祖のなきがらだ。……そのココロは、見るのが怖い。

大福には、東京に打って出る度胸がない。

それでも大福は、都会人らしく着飾ったうら若い女性客が詰めかけるお笑いライブを夢想する。紅白歌合戦の歌の合間に、司会者とギャグを飛ばし合うことを夢想する。明くる正月、振袖姿のアイドルと並んで、寄席番組で会場を沸かすことを夢想する。抜擢《ばってき》されて、大河ドラマで戦国武将を演じることを夢想する。

いや、これは夢想ではない、妄想だ。悲しい妄想だ。

夢想にしたって妄想にしたって――。

「考えるだけなら彫刻でもできるじゃないの」

尊敬する美輪明宏のものまねで己をたしなめ、大福はよく鏡を見る。

丸い男が、彼を見つめ返してくる。

シロクマ大福は名のとおり、白くて丸い。

背丈は一六五センチ。ひとより大きくて丸い顔、ひとより丸いおなか。腕と脚は太くて短い。手や足や爪の形まで、なんだか丸い。そして、肌はもち肌。オムツのCMの赤ん坊をそのまま拡大したような、ぷるんと丸い二十五歳の男。

この真ん丸さで演じるから、大福の芸は際立つのだ。

けれどやっぱり、大福には、東京に打って出る度胸がない。

でも、この芸から離れて食べていこうなどとは、考えたこともなかった。

そうであれば、生まれ育った本州のどん詰まり、故郷の青森に居て、細く食いつないでいくよりない。

——大福さんが、ふるさとにこだわり続ける理由って、なんですか？

ときたま、ステージの上でそんな質問を受けるが、これこそが絆創膏の下を、糠床の中を、先祖の眠る土葬の土をあばくような問いである。

こだわっているのではないのだ！

自信がないから出て行けないのだ！

——大福やあ、なして東京さ出て来ねんず？　まだ二十五歳だべな。わっつど、のったど、全国さ勝負かげでみろじゃよ。

クラス会などに行けば、東京から帰省している級友が、過剰な津軽弁を駆使して訊《き》いてくる。だいたい「わっつど」やら「のったど」など、高校に通っていたときだって、そんな言葉は彼らのボキャブラリーにはなかったはずだ。いや、今だってあるまい。だいたい、「わっつど」とは、どういう意味だ。

「まあまあ、いいから、いいから」

大好きな吉田類の真似をして、あふれる言葉を酒で流せば、シロクマ大福はイチゴ大福みたいになる。それがおかしいと云って笑い上戸《じょうご》の女子たちが大福をいじりだし、土葬のごとき質問はうやむやにされる。

＊

「シゲタシゲルさんは、地元でご活躍してらっしゃいますが、ふるさとへのこだわりってのを、聞かせていただけますか？」

銀杏《ぎんなん》銀座商店街の恒例イベントの夏祭りで、シロクマ大福はステージ中央に向かって、そんな質問を放った。

いついかなるときでも、逃げて、ごまかして、そんな問いを突き付けてきた相手を逆恨みしてきた爆弾質問である。ことに、ステージ上のシゲタシゲルは、年あんばいを見れば四十歳を超えたころ。夢ひとつで花の東京までブッ飛んでいける瞬発力は、とっくにしぼんでしまっている――はずだ。

　そうと知って、わざわざ意地悪なことを訊いたのは、大福がイジケていたからだった。

　銀杏銀座の夏祭りでは、大福のものまねステージが例年の呼び物となっていた。ところが今年になって、どこからか横槍が入ったらしい。

　――マンネリも、よろしくないから。

　今年の大福はものまね芸人としてではなく、司会者としてステージに上がっていた。けれど、ものまねの出し物自体がなくなったわけではない。マンネリの大福に代わって声がかかったのが、このシゲタシゲルなのだ。

　古い形の山高帽をかぶり、アートっぽい一筆書きをプリントした白いTシャツに、白いコットンパンツとビーチサンダル。そんな場慣れした風采のシゲタシゲルに対し、大福は例年どおりスパンコールを光らせた緑色の背広に、ラメの輝く真紅の蝶ネクタイというベタなスタイルである。その時点で、すでに口惜しい。

　おまけにシゲタシゲルは、大福がこれまで出会ったどのものまね芸人よりも巧かった。

　仕事をとられた相手が、自分など手の届かない芸達者であることを目《ま》の当たりにして、大福はすっかりいやな野郎になってしまった。それで出たのが「ふるさとへのこだわりってのを、聞かせていただけますか?」なのである。

ところが、シゲタシゲルは巧みに寅さんのものまねをしながら、こう答えた。

「いろんな土地に行ってまいりましたが、たまにゃあ生まれ故郷にもどるてえのも、いいもんでございますねえ」

ひきつづき、(なんと)初音ミクの声色で云うには、

「大福さんなんか、まだ若いんですから。バーンと全国に打って出ちゃってください!」

バーチャルアイドルになりおおせた後、シゲタシゲルは十代の少女の声でおニャン子クラブの『セーラー服を脱がさないで』を歌い始めた。

(こら——おニャン子クラブは、おれの聖域だぞ)

イントロが始まった時点で、大福は強い衝撃を受ける。

ものまね以前に、大福はおニャン子クラブが大好きだった。

可愛いようなダサいような絶妙なさじ加減が、男心の真ん中をキュンと射貫《いぬ》くのである。

彼女たちの活躍した時代が大福の生まれる前だった——なんてことは、射貫かれたハートを冷ます理由にはならない。ネットの動画を観るたびに、リアルタイムでおニャン子クラブのライブに行けたのなら、浦島太郎のように一気におっさんになってしまっても構わないと

さえ思うのだ。

（それなのに、それなのに、それなのに）

芸人の嫉妬というよりは、一人のファンとして大福の心は騒いだ。

シゲタシゲルの芸は、おもしろおかしく真似るのこそが肝心――などというレベルではなかった。四十過ぎの中年男が、めくるめくおニャン子クラブ時代の新田恵利に、中島美春に、福永恵規《さとみ》に、内海和子に変わっては変わるのである。

いつもならばそろそろ次の町内カラオケ大会が待ちきれなくなる観客たちも、今年は違った。そもそも、この銀杏銀座商店街の店主や客たちの多くが、バブル景気の経験者だ。当時を席巻したおニャン子クラブの、ふわっふわっとしたお祭り気分が、聴衆の時間を一気に巻き戻していた。

やがて曲目は『セーラー服を脱がさないで』のまま、歌い声は松田聖子に、郷ひろみに、そして（なんと）ミック・ジャガーへと変わってゆく。

（これは、もはやものまねではない。マジックだ）

大福が完敗を認めた、そのときだった。

「ガセ！」

聴衆を割るようにして、三人の男たちがステージに近づいて来た。

「おまえ、ガセじゃないか？」

「ガセだ、ガセだ」

（ガセ？）

大福は自分がそう呼ばれているのかと思ったが、闖入者《ちんにゅうしゃ》たちの目はまっすぐにステージ中央のシゲタシゲルへと向いていた。

突然の騒ぎに、カラオケのラジカセを操作していたスタッフの手がぶれる。誤って早送りボタンを押したのか、伴奏はキュルキュルという忙《せわ》しないノイズに変わり、観客もざわめきだした。

「こらぁ、ガセぇ！」

ガセ、ガセと責めるように呼び立てる男たちは、風貌ばかりは紳士だった。いずれも、ラフな普段着ながら、人品卑しからぬ中年男なのである。しかし、顔を見れば目の周りが変に赤くて、足取りもおかしい。酔っているのだ。

三人はそんな危なっかしい足取りのまま、即席のステージに上がり込むと、シゲタシゲルにつかみかかった。

「おまえ、よくこんなところに顔が出せたな。偉そうに壇の上に上がる前に、おれたちに云うことがあるんじゃないのか？　謝ることがあるんじゃないのか？」

一人が云うと、もう一人がシゲタシゲルの肩を小突く。

止めに入った大福は、あっけなく弾《はじ》き返され、調子づいた酔漢はステージ上のアンプや書き割りを蹴り始めた。

どさりと音をたててシゲタシゲルが転び、打った腰を右手でさすりながら起き上がった。

「これ、やめなさい！」

「やめなさい、松山さん！　柏原さん！」

クライアントである商店街の人たちが、暴れる三人のうち、二人の名を呼んだ。

（ということは、この狼藉《ろうぜき》者たちは商店街の関係者なのか？）

大福は気を取り直すと、シゲタシゲルにつかみかかる男たちの間に割って入った。

さわぎを鎮めようとステージに上がり込む者あり、女性の悲鳴が上がり、赤ん坊は泣きだす。夏祭り会場は、一気に混乱のるつぼと化した。

ちょうどパトロールに通りかかった警察官に止められ、ステージ上の混乱がおさまったとき、そこからシゲタシゲルの姿は消えていた。

＊

伏木プロダクション社長・伏木貴子の機嫌は最悪だった。

来月の一日でちょうど五十歳になる貴子社長は、世に云う美魔女である。

四半世紀前——大福が生まれた年、世間がバブル景気の中、伏木貴子はやや遅咲きの実力派女優として映画デビューを果たした。

初演映画はヒットし、伏木貴子はドラマやバラエティ番組でも活躍した。しかしゆっくりゆっくりと芸能界から消えていったのは、彼女の繊細さが生き馬の目を抜く芸能界に耐えられなかったのだろうと、取沙汰《とりざた》されたものだった。

だけど、伏木貴子はさほど繊細でもなかった。

彼女は己が芸能人であるよりも、芸能事務所というものに興味を持ち始めたのだ。

小さくてもいいから、自分の城を持ちたい。

女優業でコツコツ貯めた資金を元手に、伏木貴子は会社を立ち上げた。

伏木プロダクションの誕生である。

しかし、彼女の会社はまことに小さく、景気の後退とともに活動の拠点を故郷へと移した。

こうして本州の最北、青森に根付いたころ、伏木貴子は美魔女に変わっていた。

「もう、最悪じゃない」

隙なく装ったスポーティな仕事着の胸元に、ダイヤらしき石のペンダントが光っている。

「これがわたしの体臭よ」とばかりにかおるのはシャネルのエゴイストで、今日のように気が立っているときには血圧や体温が上がるのか、ことさらそのかおりが怒りのフェロモンのごとく、周囲の者の鼻をくすぐった。

そもそも、このところの社長は、五十歳を目の前にして機嫌が悪かったのである。

加えて昨夜の乱闘騒ぎが、不機嫌を決定的にした。

事務所のトイレの故障が、それに拍車をかけている。

「大福、シゲタシゲルはどこに行ったのよ」

昨日、三人の酔漢の闖入により、夏祭りのステージでは乱闘劇が展開された。

パトロール中の警察官だけでは押さえられず、パトカーが出張《でば》る騒ぎとなった。

荒ぶる酔っ払い三人に加え、乱闘に加わった大福が（本当は止めに入ったのだが）連行され、こってりとあぶらをしぼられた。

「なんとか云いなさい、大福」

大福にしてみれば、百パーセント、とばっちりだった。

——これは、もはやものまねではない。マジックだ。

シゲタシゲルのものまね芸に脱帽した大福が、そんなことを思ったとおり、当人は消失マジックのごとく乱闘の現場から消えてしまった。

おまけに酔っ払い三人は暴れて、とことん酔いが回ったらしい。警察署に到着したときには、すっかり酩酊状態に陥っていた。

その結果、ゆいいつ話が通じそうな大福が騒動の代表者として扱われた。同じステージに居たという流れで、ケンカの中心人物とみなされてしまったのである。

大福は酔っ払い三人が受けるべき説教をされ、ようやく解放された。

それなのに、社長は少しも大福をいたわってくれない。

「だいたい、なんだって、そんな乱闘騒ぎが起きちゃうのよ。騒ぎが起きるということは、その原因をほったらかしにしといた結果のことじゃないの」

あ・ん・た・の・せ・い・よ。

社長は爪のとんがった指で、大福のぷくぷくした頬を両方から突っついた。昨日の今日で寝坊してヒゲ剃りを省略したため、大福はふくれたハリセンボンみたいな顔になっている。

「でもですね、社長……」

大福は悲しそうに反論した。

原因は「ガセ」と呼ばれたシゲタシゲルと、大暴れを演じた三人の中年男にあるのだ。それを飛び越して大福が責められるのには、政治的な理由があった。三人の狼藉者のうちの二人が、銀杏銀座商店街のメンバーだったのだ。

スーパー・サンサンの経営者、松山。

三日月調剤薬局の経営者、柏原。

かの三波春夫の金言どおり、お客さまは神さまなのである。

神とは、ときとして理不尽なふるまいをする。

銀杏銀座商店街は、今回の騒ぎに関して逆ギレの姿勢を貫くことに決したらしい。

──伏木プロダクションの芸人が騒動の引き金となったのだ。

──騒ぎを起こした当事者が逃げてしまうなど、無責任千万。

──このたびのイベントのギャランティは、支払いかねる。

──異存があるなら、今後のお付き合いは考えさせていただくことにする。

「それもこれも、司会の大福がぼんやりしてるから」

「そんな」

絶句する大福の頭を、およそ大福とは正反対の容姿の男が、「よし、よし」と撫でた。

男、とはいっても、その人物は足首までの長さのドレスを着ている。

「社長、そこらへんにしといてあげましょう。あまり八つ当たりしたら、大福だって立つ瀬がないですよ」

ドレスを着た男は、感じ良く笑って云った。

背丈は一八〇センチを超え、波打つ栗色の髪は広い肩のあたりで揺れている。年は大福より五つ上。うす化粧にバラ色のグロスを塗った口からこぼれるのは、落ち着いた深みのある声だった。

彼は『ソフィアちゃん』という芸名のタレントである。

女性の格好をしているのは彼がオネエなのではなく、むしろその逆の理由からだった。

ソフィアちゃんは、「女性」の「女性」らしさをなにより愛し、「野郎」の「野郎」くささを毛嫌いするあまり、「女装の麗人」という姿勢を貫き、それが独特の芸風となって、なぜだかひじょうにウケている。

「クライアントに強く出られたら、こちらは引っ込むより仕方ありません」

ソフィアちゃんはオネエではないから、オネエ言葉は使わない。

「ぼく、ちょっと公園のお手洗いに行ってきます」

客用のソファから立ち上がると、ソフィアちゃんは、しゃなりしゃなりと事務所を出て行った。

「いってらっしゃい」

なぜわざわざ公園のトイレに出掛けるのかというと、伏木プロダクションのトイレが故障しているからだ。水を流したが最後、止まらない。トイレなどの設備は事務所の入ったビルの管理になるのだが、管理人がのんびり屋でなかなか対応してくれないのである。おかげで、用を足すときは、近くの公園まで行かねばならない。

「やれやれ」

バックレた芸人のこと、入ってこないギャランティのこと、直らないトイレのことをグルリと一巡考えて、社長がまたひとくさりの文句を云いだそうとしたときである。

思ったより早く、事務所のドアが開いた。

ソフィアちゃんのことだから、よもや外の塀に向かって立小便などしたわけでもあるまいに。大福と社長が同じことを考えてドアを見やると、そこには怒れる老人が立っていた。

「どういうことですかな、社長」

その老人は、曲がった腰をいたわるようにして、よろよろと入って来た。

ワイシャツにループネクタイを締め、折目のきっちりついたねずみ色のズボンに革靴を着用。手堅い職場で定年まで勤め上げた、という風貌だ。そんな老紳士の、伸びた眉毛の下の目が、非難がましく社長を睨《ね》め付けている。

「どういうこと、とおっしゃいますと？」

ツンとエゴイストのかおりが、とんがった。

大福は老人を見て、社長を見て、もう一度老人に目を移した。

（あわれ、老人の運命やいかに）

頭の中でそんな大時代なフレーズを唱えて、三味線のメロディを思い浮かべていると、老人は社長の問い返しに応えるべく、よろよろとデスクの前まで進み出る。

「わたしはこの四月に、こちらにタレント登録してもらったシゲタシゲルだが」

「は？」

シゲタシゲル？

社長と大福が、同じタイミングで目を瞬かせた。

老人は腰をさすり、憤然と云う。

「昨夜のイベントのことですよ。おたくさんから指定されたとおり、海原稲荷《いなり》のよさこいソーラン祭りに出掛けたんだが、約束の演目だったものまね独演会など一切なし、とくる。それどころか、『飛び入りよさこいコンテスト』の出場者に、このわたしがエントリーされているというじゃありませんか」

老人の小さな目は、怒りでつり上がった。

「いいですか、飛び入りコンテストということは、わたしは素人扱いされたのです。ともあれ、こちらも芸人の意地で踊りとおしましたが、土台、あれは若者の踊りですよ。おかげで、すっかり腰を痛めてしまいました。——まったく、これはいったい、どういうことですかな、社長」

　老シゲタシゲル氏は、ハタと社長の顔を見た。

「ギャラはいただけるのでしょうな？」

「ちょ、ちょ、ちょっと待ってくださいね」

　社長は大袈裟《おおげさ》な手振りで、シゲタシゲルと名乗る老人の口を封じた。

　かたわらで聞く大福は「ふむむ？」と首を傾《かし》げている。

　ものまね芸人・シゲタシゲルが派遣された先は、海原稲荷のよさこいソーラン祭りではない。銀杏銀座商店街の夏祭りである。——ものまね芸人・シゲタシゲルは、中年男であって老人ではない。

　社長は爪の長い指を器用にすべらせて、所属のタレント名簿をめくった。

「繁田茂、昭和二十年三月十四日生まれ（六十九歳）。芸名、シゲタシゲル。ものまねレパートリー、エルビス・プレスリー、石沢貫太郎——石沢貫太郎ってだれ？」

「居たんですよ、そういう夭折の天才演歌歌手が」

老シゲタシゲル氏は云った。

「はあ――」

大福は不思議なものでも見るように、シゲタシゲル老人を見つめた。

「社長、芸名が同姓同名ということはないでしょうかね」

「それはないわよ。そりゃ、うちは所属タレントは多いけど……」

意外なことに、伏木プロダクションに籍を置くタレントの数は百人を超える。けれど、そのほとんどが本職とは別の、趣味の名人だった。長年、会社の花見や忘年会を盛り上げてきた芸達者が、リタイア後に一念発起して芸能事務所に登録してみた。うまくしたら、福祉施設への慰問や商店街のイベントにでも声がかかるかも知れない。そうしたレベルのタレントが、百人居る中の九十人を占めるといった具合だ。

かくいう老シゲタシゲル氏も、九十人の余技組に入るらしい。

(じゃあ、あの消えたシゲタシゲルはいったいだれなんだろう)

大福がふくふくした顔を傾げていると、社長は人差し指と親指でつくった輪っかを「オッケー、オッケー」と云って振ってみせた。

「ご安心ください。出演料は指定口座に確かに振り込みますから」

そう云って微笑《ほほえ》む顔に、往年の美人女優の面影がよぎった。

「そういうことならば、わたしも無理なことを云うつもりはないが」

老シゲタシゲル氏は、出演料を確保するという目的を果たし、この社長がかつての有名人であることも思い出したようだ。結局、ミーハー心が掻き立てられるままに、老シゲタシゲル氏は社長に握手を求めると、来たときよりも達者な足取りで帰って行った。

「ええと、なんの話をしていたんだっけ？」

社長は眉間《みけん》にしわをこしらえて、テレビのリモコンを持ち上げた。

「今のおじいちゃんがシゲタシゲルなら、銀杏銀座の夏祭りに出ていたのはだれなのかしら。いや、そもそも、海原稲荷のよさこいソーラン祭りなんて仕事、受けた覚えないわよ――」

リモコンの上を社長の指が走り回り、大画面のテレビもまた走り回るように次々と別の画面を映した。

ニュース、ドラマの再放送、テレビショッピング、ワイドショー。

どれにも満足しなかったらしく、社長はワイドショーの画面を睨みながらリモコンを置く。

「まったく、謎だわね」

折しも、テレビの中では謎の詐欺師について、レポーターが白熱した早口で速報を伝えていた。

――サギサギ詐欺による被害総額は、三億円に達したものとみられます。

今ちまたを騒がせているサギサギ詐欺なる、詐欺師が居る。

詐欺犯に近付き、巧みにその金を巻き上げるのだ。汚い金だけを狙う手口を、「現代の義賊」と呼ぶ者もいれば、「ふざけた犯罪者」とこきおろす者も居た。

「わたしもこういう番組で、コメンテーターとかしてみたいもんだわ」

テレビカメラの前で渋面をつくっているのは、やんちゃな論客というキャラクターが売り物のコメンテーターである。渋川藍助という、かつての青春スターだった。

――このところ警察による発表がとだえているのは、捜査が難航しているからと……。

――いや、ちょっと待って。司会者のきみが、そんなこと決め付けないで。

渋川が司会者を遮るのを見て、社長は「うわ、渋川、感じ悪ぅー」と高校生みたいな口調で云った。

渋川藍助は自分の芸能活動のかたわら、東京で芸能事務所を構えている。

伏木社長の不平は、渋川の事務所が大物タレントを多く抱えていることへの対抗心からくるようだ。

――警察発表がないことは、大きな動きの前触れとみてよいでしょう。

――渋川さん、大きな動きといいますと?

――逮捕が近いということです。十中八九、サギサギ詐欺は逮捕されますよ。

——ずいぶんと自信たっぷりにおっしゃるんですね。

——わたしのこうした勘は外れません。もしも間違いだったら、今の商売をたたんで、田舎に引っ込んでみせますよ。田舎で素人を集めた芸能事務所でもやろうかな。

——は、は、は。ご冗談を。

プツリとテレビの電源を切った社長は、「渋川、むっかつくー」と云い捨てた。

「大福」

社長はデスクチェアを半回転させてこちらを向く。

「はい」

「遠くのサギサギ詐欺より、近くのシゲタシゲルだわ。大福、にせシゲタシゲルを捕まえて来なさい。あんた、どうせ来月までスケジュールからっぽでしょ」

社長は、怒ったそばからまた別のことを考えているらしい。形の良い唇が、きゅっと片頬に切れ込んで、計算高い微笑をつくった。

2

居酒屋・丸太は、大福のアルバイト先である。

叔父の友だちの奥さんの従兄《いとこ》。

それが店主の四郎さんで、シロクマ大福が飢え死にしないだけの給料を支払っているのは、伏木貴子社長ではなく、この四郎さんだ。

「社長はにせもののシゲタシゲルを捕まえて、どうするっていうんだろう。確かに変なやつだけど、今さら警察に突き出すこともないだろうに」

大福は焼きトンの串をあぶりながら、元から丸い頰をプウとふくらませた。

「ママならやりかねないわよ。執念深いから」

カウンターで裏メニューのハンバーグを食べているのは、社長の娘の野亜である。ミッションの系の女子高に通う高校二年生で、丸太の裏メニューを、よくレシピ付きでリクエストしてくる。

「そうだなあ。まず昨日の騒ぎの中心人物として、そのにせシゲタシゲルに頭を下げさせなきゃ気が済まない。それから他人の芸名を名乗ってまで、うちのイベントにもぐり込んだ理由を明らかにする、と」

応じるのは、公園のトイレに行ったきり姿を消していたソフィアちゃんだ。ミニ丈のドレスにピンクの厚底ブーツを合わせている。

「ああ。貴子さんは、そういうところは背骨に鉄骨が一本入っているくらいに、筋が通った人だからね」と、四郎さん。

「それに、がめつい」

　野亜が付け足すと、ソフィアちゃんはうなずいて焼きトンを頬張った。

「社長の一番の目的はにせシゲタシゲルを、改めてうちの事務所にスカウトすることだろうな」

「なんだって？」

　大福が憤慨すると、プチトマトのベーコン巻からじゅわっと汁が出る。

「うちの事務所、タレントの人数ばかりは多いけど、吹けば飛ぶような面子《メンツ》ばかりだから」

「でもソフィアちゃんは、人気者じゃん」

　口をはさむ野亜の頭を両手で撫でて、ソフィアちゃんは「そう、ぼくは別として」とのたまった。

「でも、どうしておれが探さなくちゃなんないの？　スケジュールはからっぽでも、こうして仕事はしなきゃならないわけで」

「こっちは、いいよ。ここんとこひまだし。野亜ちゃん、バイト探してたしね」

　四郎さんが云うと、野亜は受け取ったばかりのプチトマトのベーコン巻を串から外してニコニコしている。

「ええ？　おれ、クビですか？」

「そんなことないけど、不景気だからねえ」

言葉とは裏腹に、四郎さんは混《こ》みだした店内に次々と皿を送り出す。

「不安な云い方するなあ」

大福は短い指で器用に串を引っくり返した。

「だいいち、捕まえろったって、なにをどうすればいいのか……」

「にせシゲタシゲルと、酔っ払い三人は、きっと顔見知りなんだよ」

「うん。『ガセ』なんて呼ばれてたから、そうなんだろうね」

乱闘騒ぎを思い出そうとしても、どうしてもにせシゲタシゲルの見事な芸ばかりがまぶたに浮かんでくる。それを云うと、ソフィアちゃんもうなずいた。

「『セーラー服を脱がさないで』は一九八五年のヒットだろう。つまり、二十九年前だ。

――この年に聖子ちゃんが郷ひろみと別れて、神田正輝と結婚している。同じくミック・ジャガーについても、この年に『ライブ・エイド』に参加してるよね」

「『ウィー・アー・ザ・ワールド』感動した」と四郎さん。

「ソフィアちゃん。そういうの、全部覚えてるの？」

驚く大福にウィンクして、ソフィアちゃんは「ぼく芸能人オタクですから」と胸を張り、云い寄って来た酔っ払いに向かって「ぼく、男ですから」とひじ鉄を食わせた。

「にせシゲタシゲルは、聖子ちゃんと郷ひろみとミック・ジャガーのものまねをしながら『セーラー服を脱がさないで』を歌った。カギは、二十九年前——一九八五年って気がしないか？」

そこまで云うと、ソフィアちゃんは店の奥に女の子をナンパしに行ってしまう。

「いつも思うんだけど、ソフィアちゃんて、何者？」

野亜が目を丸くした。

実際、「女装の麗人」というだけの芸で食べていけるのもスゴいし、女装してしまうほど女性が好きというのもスゴいし、なにより大福としては、抵抗もなくメジャーなタレントの知識を網羅しているということが一番にスゴいと思う。

「おれなんかさ、全国に打って出る度胸もないしさ、メジャーな人たちの名前をまっすぐな気持ちで唱えられないんだよね。やきもちっていうの？　胸がシクシクいっちゃって」

「大福は、そういうところが、よろしくないよ」

刺身の盛り合わせに菊の花を添えながら、四郎さんが説教口調で云った。

＊

翌日、大福は酔っ払い三人組のうちの一人、松山を訪ねた。

松山はスーパーマーケットの経営者で、銀杏銀座商店街に加盟している。

大福が通された事務室には、うっすらと電気蚊取りのにおいがしていた。

四畳半ほどのスペースに、つけっ放しのラジオと事務机とホワイトボード、大型金庫と小型冷蔵庫と水の切れた鉢植え、スチールのラックにはファイルした書類が詰め込まれ、そうかと思えばビスケットの缶とティーバッグのお茶が散乱している。

「むさくるしいところでさ」

松山は恐縮しながら、大福にパイプ椅子をすすめた。

四十年配の松山は大福よりずっと背丈があり、角ばった肩と贅肉の少ない体軀の持ち主だった。笑ったとたんに、涼しい目がしわの中に埋もれてしまう。それは「いらっしゃい」「毎度」と云うたびに笑顔をつくってきた人の顔だ。

「いや、ほんと片付いてねんで」

そのとおりなので、「そんなことはない」と云うのにも苦心する。

「先だっては大変に失礼いたしました」

屋号入りの前掛けを締めた松山は、感じの良い男だった。赤い顔に三白眼で、夏祭りのステージをメチャクチャにした野郎とは、まるで別人に見える。

「あの日は商店街のお祭りに、中学校の恩師の還暦祝いが重なりまして、それで日の高いうちからつい深酒をしてしまいました。面目ありません」

「そうだったんですか」

「申し訳なかった。ご迷惑をかけた」

文句を云いに来たのではないのだが、松山は低姿勢をくずさない。

「あのときに——」

あんたたちが絡んだ相手のことを教えてくれよ——という意味のことを、どう云ったら角が立たずに済むかと思い、大福は言葉につまった。

「ええと——。皆さんがガセって呼んでいた、ものまね芸人のことなんですが——」

「うん、長谷川くんですわ、長谷川竜一くん。長谷川だから、ガセっつうわけ。響きが似ているでしょ」

そうかなあ、と、大福は短い首をひねる。

松山は冷蔵庫からサイダーを二本取り出して、栓を抜くなり、ビンごと差し出してよこした。

「その長谷川さんの連絡先を知りませんか?」

「ガセの連絡先ですか? それは、ちょっと判んねえなあ。なにしろ二十九年も前のことだし」

二十九年前。

ソフィアちゃんの推察どおりである。

思わずひざを乗り出した。

「長谷川のやつ、学年の途中で転校してちゃったはんでね。もし住所ば知ってたら、落とし前を付けさせに行くどごだ」

松山の顔が、また少しばかり怖くなる。

落とし前って……。

穏やかじゃないなあと、大福は思った。

「ひょっとして、ガセくんって、いじめられっ子だったんですか?」

あんたたちがいじめっ子か、という意味で訊いた。

松山は「とんでもない」と手を振って、感じの良い二重まぶたの目を細める。

「わたしたちは、四人とも同級生でしてね。当時、長谷川の母親がうちの店で働いていたんですよ。ところが、長谷川のおばさん、うちから百万円もお金ば横領しちゃって、逮捕されたのさ」

「横領ですか」

サイダーのビンを持ったまま、大福はフリーズする。

目だけ動かして、この四畳半の事務室を見渡した。

二十九年前の事務室では、ラジオから『ウィー・アー・ザ・ワールド』や『セーラー服を脱がさないで』が流れていたことだろう。その中で、長谷川竜一の母親は、金庫から金を盗んだ。

（いやな話を聞いちゃったなあ）

大福はサイダーのビンをもたげて、ごくごく飲んだ。炭酸がのどに詰まって、むせそうになる。

「おれたちはなにもね、おばさんの罪を長谷川くんに謝ってくれって云うんじゃないんですよ。二十九年前ね、なんも云わないで、おれたちの前からぷっつりと居なくなってしまったのが、許せねえわげですよ。だって、おばさんがしたことは別として、おれたちは友だちだったわけだはんでの」

だから「落とし前」なのか。

だから、ここで会ったが百年目——というか二十九年目で、酔いにまかせて夏祭りのステージをメチャクチャにしてしまったわけか。

（それは、なんか、変だよな）

一度にいくつかの疑問がこみ上げて、大福は「ぐへ」とげっぷをした。

ガセくんの名前は長谷川竜一だから、やはり芸名が同姓同名なのではなく、本当にシゲタシゲルとは無関係なのである。その長谷川竜一はなぜ、真シゲタシゲルを海原稲荷に遠ざけてまで、因縁の商店街にもどって来たのか。

しかも、おニャン子クラブやミック・ジャガーという二十九年前を連想させるキーワードを引っ提げて、だ。

そして、この気の好さげな松山をはじめとする三人の中年紳士たちは、酔っていたとはいえ、ガセくんを見てどうしてあんなにも悪ノリをしてしまったのだろう。母親の犯罪という暗い事情を許せるなら、黙って去ったことだって許せるのではないか。

「だって水くさいでばし」

松山はラジオから流れる歌謡曲を聞きながら、ポンとひざを叩いた。

「あいつには親戚も居なかったんだべか。長谷川が学校に来なくなった後で、先生があいつの机の中なんかを片付けてました」

「それは、なんだか、さびしい光景ですね」

「だべ？　そのときの先生の心持ちを思えば、ムカっ腹も立つというもんでしょ」

松山はやはり本心からというよりは、とってつけたみたいに云って、サイダーのビンを置く。

「ところで、そちらは長谷川の連絡先が判らないと困るんだったたっけ？」

「はい。出演料の支払いとか、いろいろ」

大福はあいまいなことを云ってごまかした。問題のガセくんが、別の芸人のふりをしていたことまで告げたら、よけいにややこしいことになりそうだ。

「先生だば知ってるかもな。どれ、先生に連絡してあげますよ」

松山はすぐに電話をかけ、先の騒動のことをひとしきり話した後、丁寧な礼を云って受話器を置いた。

「残念でした。先生は、還暦仲間と温泉に行って留守だどさ」

松山は、受話器を指して「今のは奥さん」と云った。

「還暦でリタイアして温泉旅行とは、まさに悠々自適ってやつだね。うちなんかは、慢性的な火の車だから、還暦くらいじゃ財布との戦いからは逃れられないだろうなあ」

「同感です」

「それでも、おたくさんはいいでしょ。身ひとつだし、好きなことをしておられる」

松山は雑然とした事務室を両手で示して、大袈裟な所作で肩をすくめる。携帯電話が鳴って、松山は条件反射のような素早さでポケットから取り出した。

「はい——はい。大変にご面倒をおかけしております。はい——はい。今月末までには、約束した分の返済は必ず——」

電話機を手で覆い隠すように話しながら、松山はそそくさとその場を離れた。

(借金か)

窓から入ってくる風に、夕立前の湿気が混じっていた。

*

三日後、松山たちの恩師が温泉旅行から帰るのを見計らって、大福は先生宅を訪れた。銀杏銀座商店街が、目の前にある。イベントのマイクの音も、ことによったら乱闘騒ぎまで、届いていたかも知れない場所だった。

「その節は、教え子たちが大変にご迷惑をおかけしまして」

出迎えた玄関先で、老教師は大福に向かって深々と頭を下げる。

横山先生というその人は、ぷっくりとした体格が大福と似通っていた。太っているというよりはいささかむくみ加減なのか、頬の高いところがてかてかと光っている。

「いえ、そんな、なんのなんの」

「いや、わたしの教育が足りなかったせいです」

恐縮した大福がさらに深くお辞儀をすると、先生がまたまた頭を下げる。

呆れた奥さんが割って入って、大福は客間に通された。

開け放したふすまの向こうが、居間になっている。客間の南側は縁側に面していて、今では珍しくなった日本家屋の造りだった。よく育ったサルスベリの木に、花が咲き始めていた。

「長谷川竜一くんのことで、みえたんでしたな」

横山先生は、うすくなった白髪を七三に分けて、家の中でもきちんとループネクタイをしていた。今の時代の還暦にしては、いささか老けすぎた風貌だ。年を取るごとに角が取れ、面と向かった相手を安心させる、そんな人物だった。

「はい。連絡先が判らなくて、出演料のことやらが――」

とっ捕まえて、説教垂れてから、改めてスカウトするのだ。

という社長の意図を説明するのもややこしく、大福は口の中であいまいなことを云った。

横山先生は七福神みたいな笑顔で、大福をしげしげと観察している。

「この青森にも、芸能事務所なんて、都会的なものがあるとは知りませんでした。おたくさんは、マネージャーとかいう仕事をしておられるので？」

「いえ、わたしはただの芸人でして」

大福が十八番《おはこ》のものまねを一つ二つ披露すると、先生はすっかり感激した。

「長谷川竜一くんは、そう、ガセなんて呼ばれてましたっけねえ」

奥さんが持って来た温泉饅頭を「おいしいから」と云ってすすめ、先生は記憶を手繰《たぐ》るような目をする。

「昭和六十年だから、ええと——今から二十九年前だ。二年生の担任をしたときの教え子です。陽気な子だったね。遠足のバスの中とか、ホームルームの人気者でしたよ。おニャン子とかいう人たちの歌が上手で、われわれ教師の真似をしながら歌うんですが、これが玄人《くろうと》はだしでねえ」

その当時から、ものまねをしていたのか。

「中二のとき、長谷川さんにとっては、不幸な事件が起きたと聞きました」

いやな話題を持ち出すと、先生の顔がくもった。

松山からもう話を聞いたというのならば、と云って、億劫そうに続ける。

「長谷川の家は母子家庭でしてね。母親がスーパー・サンサンで経理をやっていて」

　先生は、言葉に苦い味でも付いているように、口をしょぼしょぼさせた。

「スーパー・サンサンというのは、松山の家が経営している店ですよ」

「はい」

「そこで長谷川の母親はスーパーの金を横領して、警察に逮捕されました。――それが理由で許されるとは云いませんが、あの母親は母子家庭で孤軍奮闘しておりました。あまりに、頑張りすぎたのかも知れません」

　先生は大きな音をたてて鼻をかむと、わざわざ隣の居間のゴミ箱に捨てに行く。「どっこいしょ、どっこいしょ」と繰り返しながら、ゆっくりともどって来た。

「長谷川は親戚に引き取られたものの、高校には行かずに上京して、その親戚とも音信が途絶えたようです。わたしのところには、数年に一回、思い出したように年賀状が届きました。消印は日本のあちこちで、住所は書かれておらず、それでも気の利いたことやら、強がりやらを書いてきていました」

　お茶のおかわりを持って来た奥さんが、黙って先生の隣に座る。常日ごろから、二人で長谷川のことを話題にしているのが、なんとなく判った。

「向こうの住所は書いてないんですね？」

「ええ」

先生も大福と一緒に、残念そうにため息をついた。

「今年の年賀状には、もう二度とこちらにもどる気はないと書かれてあって、胸が痛くなりましたな」

しかし、もどって来たのだ。

そして、伏木プロダクションのタレントの名をかたり、商店街の夏祭りイベントに登場。昔の同級生に絡まれてひと悶着となり、そこから姿を消してしまった。

（まったく、わけがわからない人だなあ）

大福は温泉饅頭を食べたが、先生が云うほど美味《うま》くないので、とりつくろうようにもう一個食べた。

結局のところ長谷川竜一の連絡先は判らないままだったが、話し相手が恋しいのか、老夫婦は大福が帰る素振りを見せるたびに、新しいお茶を注《つ》ぎ足した。

「それより、あなた。昨日のあのことを、教えてさしあげたら？」

奥さんがはじめて口を開く。

云われた先生は、ぷっくりと短い指で頬を掻いた。

「だって、おまえ、あんな怪談みたいな話をしていいもんかな」

「怪談だから、云うべきなんじゃありませんか」

奥さんは憂い顔の下に、ちょっと悪趣味な好奇心を隠していた。

そんな態度を見せられたら、大福とて興味を示さずにはいられない。

「怪談、ですか？」

「ええ、ええ」

奥さんは待ってましたとばかりに、夫の腕をつついた。

「いや、うちの家内が奇妙なことに出くわしたと云っておりましてね」

先生の奥さんが体験した奇妙なこととは、他ならぬ、酔っ払い三人組に関わることだった。

その一人が、やはり銀杏銀座商店街で調剤薬局を経営する柏原である。

奥さんは市役所に用足しに行った帰り、バスの中で柏原に声をかけられた。

騒動を起こす前から、柏原の酒の量を奥さんは心配していた。すぐに赤くなるのだから深酒はよすようにと、あの還暦祝いの日だって云っていたのだ。

――先だっては警察のお世話にまでなって、お恥ずかしいかぎりです。

本当に、そうですよ、と奥さんはたしなめる。

そう云われたのが口惜しかったのか、柏原は仲間のうわさ話を始めた。

――実は田口がですね……。

田口とは、やはり酔っ払い三人組の一人で、小学校の教員をしている。

――警察沙汰になったことがよっぽどこたえたのか、また酔っぱらってしまい、とうとう公衆の面前で取り返しのつかないことをしたんだそうですよ。

――取り返しのつかないこと？

――駅前で素っ裸になって、バスターミナルから広場の辺りを走り回りましてね。それで、教師の職を辞めさせられたと聞きました。

――本当ですか、それは？

奥さんは驚いて問い返したが、田口はふっと顔の表情を消すと黙り込んだ。

――柏原さん。田口さんになにがあったというんです？

――…………。

尋ねても柏原はなにも答えず、降車ボタンを押すなり、次の停留所で降りてしまう。前かがみになって、右の腰をかばうような所作が印象に残った。

――ちょっと、柏原さん。

中途半端な衝撃ニュースとともに取り残された奥さんは、唖然《あぜん》としてしまった。帰宅すると、取るものも取りあえず、夫から住所録を借りて田口に連絡をしてみた。

――田口さん、あなた、駅前でストリーキングしたんですって？

――ストリー……なんですか？

――ストリーキング。裸で外を走り回ることですよ。駅前ですっぽんぽんになって捕まって、学校をクビになったっていうじゃありませんか。

奥さんはショックが過ぎて言葉を選んでいる余裕もなかったが、田口は聞くなり声を上げて笑いだした。

――田口さん？

のどの奥でひっくり返ったような笑いが続くうち、奥さんは不安で胸が締め付けられそうになった。

この人は本当に理性のタガが外れてしまったのではないか。そういえば、あの還暦祝いの日も、田口の酔いっぷりが一番ひどかったのを思い出す。

――先生の奥さん。そんなでたらめ、だれから聞いたんですか。ぼくは、長谷川の件で失態をやらかしてから大いに反省し、今は禁酒をしているところでございますよ。

田口はおどけた口調で云って奥さんを安心させたが、この話の出どころが柏原だと知ったとたんに、声に緊張が走った。

――あの、田口さん、勘違いしないでね。柏原さんはあなたを心配して……。

奥さんの弁解が終わるのを待ちきれないように、田口はしゃべりだす。

――奥さん、その話は本当に今日、柏原から聞いたんですか？

──そうですよ。ついさっき、偶然バスの中で一緒になって。

──そんなはずはありませんよ。だって、柏原は昨日から入院しているんですよ。心臓発作で倒れて、今も集中治療室に入れられているんです。

──え？

調剤薬局を経営している柏原は、前日の昼すぎ、店の中で倒れて救急車で運ばれた。今も動けないほどの容態だから、外を出歩くわけがないという。

そういえば昨日、買い物に出たとき、柏原の薬局のそばに救急車が赤色灯を光らせていたのを見たような気がする。

──じゃあ、わたしはバスの中でだれと話していたんです？

そう口にする自分と同様、電話の向こうの田口もひどく気味悪がっていることが、奥さんには伝わってきた。

「これは、昨日の話です」

先生は、自分の頬をつねりながら云った。夢のような話だというゼスチャーだろう。

「昨日の昨日──つまり一昨日、柏原さんは急病で入院した、と。それなのに昨日、奥さんは、入院しているはずの柏原さんにバスの中で会って、向こうから話しかけられた、と」

確かに怪談だ、と大福はうなずいた。急に寒くなった気がして腕をこすると、ふつふつと鳥肌が立っている。

「だから、生き霊《いりょう》なんですよ。柏原さんの生き霊が現れたんですよ」

奥さんは声を震わせて云ったが、その震えの中に好奇心が混じっているのを大福は聞き取った。

3

郊外にある青い森日日新聞本社まで自転車を飛ばすと、着いたころにはすっかりへばってしまった。アポイントをとっていた文化部の蟹川は、暑さで上気した大福を見るなり、「大福は、熱を持つとイチゴ大福に変わるんだなあ」と感心した。

「ふん」

エントランスに設置している自動販売機でスポーツ飲料を買い、大福はひと息でボトルの半分ほども空ける。

「蟹川ちゃん、ボーナス出た？」

蟹川とは同年配で、大福が芸人としてデビューしたころからの付き合いだ。「ふるさとにこだわり続ける理由って、なんですか？」などという、ともすれば地元メディアの人間ならば真っ先に口にするようなことを訊いてこないので、大福はこの記者を洞察力と思いやりのある傑物だと思っている。

「ねえ、蟹川ちゃん。ボーナス出たの？」

「いや、出てないよ」

「出ただろ？」

「出たよ」

蟹川は時計を見ながら、エレベーターのボタンを押す。

「それよか、頼まれていたものってこれでいいか？」

そう云って、脇にはさんでいたクリアファイルを大福に渡した。

二十九年前の新聞記事をコピーしたもので、今はこうした古い記事を電子化する作業が進んでいるのだと、蟹川はその苦労話と自慢話をひとしきり続けた。

「ありがとう。助かるよ」

「お礼は昼めしって約束、覚えてるよね」

「仕事のない芸人に、本気でめしをおごらせるのか」

「うちの社食の昼めしくらいで、そんなにいばるなよ」

エレベーターは社員食堂のある階で二人を降ろし、上へと上がって行く。

「おれ、冷やし中華。蟹川ちゃんは」

「Aランチ」

「冷やし中華より百円も高いよ」

「いいじゃん」

蟹川はニコニコして、大福に渡したクリアファイルを指さした。

それは昭和六十年七月二十五日の朝刊である。

社会面のベタ記事で、長谷川桃子という女性が、勤務先のスーパーから売上金百万円を横領した事件を報じていた。長谷川桃子とは、にせシゲタシゲル・長谷川竜一の母親だ。

「息子の夏休みの短期留学の資金だったらしいよ。家計が苦しかったのに、息子の同級生が夏休みに短期留学すると聞いて、後れをとりたくなかったんだとか」

蟹川は記事を要約して云うと、Aランチと冷やし中華を受け取ってテーブルにもどって来た。大福は、横山先生の云っていた言葉を思い出す。

――あの母親は母子家庭で孤軍奮闘しておりました。あまりに、頑張りすぎたのかも知れません。

息子のために他人の金を横領することも、頑張るうちに入るのか？

(違うだろ)

　カラシをとかしながら、大福は冷やし中華をぐるぐるとかき混ぜた。きれいに盛り付けられた麺は見るも無残な姿になるが、こうしないと味にかたよりが出るのである。

「食べ物に関する悪いクセってのは、確かにあるな。ぼくはストローを噛んで、飲み口をペラッペラにしないと気がすまない」

「これは悪いクセじゃないぞ。美味く食べる重要なプロセスなんだぞ」

　十分に混ざった麺をすすりながら、大福は満足そうに息をついた。

「ここの食堂の冷やし中華って、美味いよね」

「でも、ぼくはAランチが好き。おごってもらうときは、断然Aランチに限る」

「なんだよ、ボーナス出たくせに」

　大福はいじけた顔をしてみせてから、目を記事にもどす。

　長谷川桃子が横領したという数字、百万円のところを箸でつっついた。

「夏休みの短期留学なんて、こんなに高くないだろう」

　伏木社長が娘の野亜のために資料を集めていたのを、見たことがある。今の時代でも二十万円ほどあれば行けるというので、意外に思ったのを覚えていた。

「うん。長谷川桃子も、そう云い張ったらしいよ。自分はスーパーの金庫から二十万円を借りただけだ。借りたんだから、返すつもりだった。母子家庭だからといって、息子にみじめな思いをさせたくないと思う親心が、そんなにいけないことなのかって、さ」

「論点が、ずれてる」

「結局のところ、長谷川桃子は百万円を横領した罪で起訴されて、百万円分の罪をつぐなった。――というか、それ以上のことになっちゃったというか。このおふくろさんね、懲役中に病死したらしいよ」

「え……」

節電運転しているエアコンの風が、急に冷たくなった気がした。

「あのさ――蟹川ちゃんって、蟹川ちゃんだよね」

「なに云ってんの？　混乱したふりしてもダメだよ。その記事を探すの、骨が折れたんだからな。Ａランチはきっちりおごってもらうよ」

蟹川は生姜焼きの皿を箸で指しながら、子どものようにムキになって云った。

＊

伏木プロダクションの事務室で、大福は青い森日日新聞を開いた。

日課として、おくやみ欄に知り合いの名がないことを確認し、念のため、集中治療室行きになった柏原の名がないことも確認した。

「暑いなあ」

扇風機の風で飛ばされそうになる新聞を押さえながら、大福は悲鳴を上げた。

この事務所にもエアコンはあるのだが、吝嗇《りんしょく》な社長が「寒冷地の人間が部屋を冷やすべからず」と宣言して使わせてくれない。夏が本番になると、汗で化粧がくずれるからと云って、女装のソフィアちゃんと女性タレントは事務所に来るのをいやがった。

不思議なことには、美魔女の社長は真夏日になろうが猛暑日になろうが、決して化粧くずれしないのだ。

「もしや、社長はアンドロイドなんじゃないでしょうか？」

「それはほめ言葉と受け取っていいわね」

社長は不気味なほど上機嫌に応じた。

それには、理由がある。

今日はようやく、トイレの修理業者が来るのである。

「思えば、長かったわねえ」

伏木プロダクションがあるのは、国道七号線から海寄りに入った雑居ビルの三階で、ひょろ長いこのビルにはフロアごとに一軒のテナントが入っている。その三階のトイレが故障したのは、まだ梅雨に入る前だった。

不運だったのは、各階のトイレが事務所の奥に設置されていることだ。

これでは三階のトイレが故障したからといって、別の階のものを使うわけにいかない。よそのオフィスに入っていかなければならないからだ。そんな理由から、わざわざ近所の公園のトイレまで用を足しに行くことになってひと月、のんきな管理人はようやく業者を手配してくれたようだ。

事務所のドアが開き、待ちに待った修理業者が来たときには、思わず椅子から飛び上がったほどである。

「ようこそ、いらっしゃいました。まずはお茶でもいかが？　ほら、大福、クーラーの電源を入れて。業者さんが暑くていらっしゃるじゃないの」

どの口が云うか……というようなことを社長は云っている。

「あの。どうか、お構いなく」

美魔女のフェロモンを放つ社長にちやほやされて、修理業者は助けを求めるように大福のほうを見た。仕事が混んで疲れがたまっているのか、腰をかばうように体を右側に傾けている。

「社長、歓迎する気持ちは判りますが、こちらもお忙しいでしょうから、邪魔にならないようにしなくちゃ」

大福とてそんなことを云ってみるものの、やはり待ちわびた修理業者が来てくれたのが嬉《うれ》しくてたまらない。社長と連れだって故障中のトイレに駆け付けると、工具をがちゃがちゃさせていた修理業者は困ったように振り返った。

「終わりましたら、声をかけますので、はい」

修理業者は大福たちを丁重に追い払った。

「こんなときって、トイレを普通に使えるっていうことのありがたみを、つくづく思い知らされるわね」

そう云って、社長はテレビの電源を入れた。

社長の好きなワイドショーでは、相変わらずサギサギ詐欺の続報が放送されている。犯人に金をだまし取られた元詐欺師が、顔の見えないアングルでカメラに向かってしゃべっていた。音声を変えているというテロップが出て、元詐欺師の声はアニメの女の子みたいに聞こえる。けれど口調はガラの良くないおっさんのままだから、かえって変な迫力が出ていた。

――調査会社の人間だって男が訪ねて来たんだよ。親父が重病になって、死ぬ前に一目でもおれに会って、仲直りしたいと云ってるって。それで、おれのことを探しあてたんだって云うわけだわ。

この元詐欺師は十五歳で家出をしてから、身内との交渉を一切絶っていた。帰りたいと思わなかったわけではないが、帰ったところで今の生き方をやめる気もない。所詮、人生観の違いを再認識して、十五歳のときと同じ家出劇をもう一度やり直すだけだと思っていた。

――けど、親父が死にかけていると聞いて、気持ちが揺れたよ。あの頑固一徹の親父が、どうしてもおれに会いたいって、調査会社にまで頼んだんだからね。

父親にとっては、詐欺師などは云うに及ばず、調査会社だって、サスペンスドラマの中にだけ存在しているようなものだったろう。それを一念発起して、家出息子の捜索を頼んだのかと思うと、元詐欺師の男としても胸が熱くなった。

調査会社が段取りまでつけてくれて、元詐欺師の男は、病院ではなく、実家でもなく、動物園のベンチで父親に会った。幼いころによくここへ息子を連れて来たからと、父親が云ったそうである。

――おれの名前を呼ぶ声も震えていて、ずいぶん年を取ってしまっていてねえ。面影は残っているんだけど、影がうすいっていうのかね。もう半分くらい、あっちの世界に逝ってしまっている感じだった。あの頑固で拳骨《げんこつ》をふるう親父は、もう居ないんだ。そう思って涙が出そうだったねえ。

元詐欺師は、まともに父親の顔が見られなかった。

おれが短気で、おまえを許してやれなかったのが悪かったんだ。もしもおまえがいいと云ってくれるなら、お互いの行き違いは水に流してくれないか。

余命いくばくもない父親は、優しい声でそう云った。

——どうして家で会えないのか、おふくろは元気で居るかと訊いたら、親父は泣きだしてね。こうして会っているのは、おふくろにも話していないって云うんだよ。両親はおれの兄夫婦と同居しているんだが、兄の気性が親父譲りの石頭でね。家を飛び出した不良の弟をいまだに許していない。だから、家には連れて帰れないんだって云われたよ。

許してくれ。許してくれ。

父親は、不良の息子に頭を下げて嗚咽《おえつ》した。

——こっちも本当に涙が出てきたよ。それから何度か会ううちに、親父の口からポロッとこぼれたわけだよね。「先進治療を受ければ助かるかも知れない」って。

いくら、かかるんだ。

兄貴が一緒に居るのに、どうして治療を受けさせないんだ。

家を新築したから、そんな金はないって——そんな薄情な話があるかよ。

いくらかかるんだ。なあ、親父、いくらかかるんだよ。

父親はなかなか教えてくれなかったが、病気で気力も弱っていたのか、むかしみたいに頑固を通せなかった。聞き出してみると、手持ちの金でどうにか工面できる額である。

おれが出すよと、元詐欺師は云った。孝行息子面の兄に勝った、そんな気分だった。

しかし父親は「要らない」の一点張りである。今は、ここでこうしておまえと過ごす時間だけが、おれの楽しみなんだから。これ以上はなにも望まない。

ドロン。

そう云い張る父親に、無理に押し付けるようにして、治療に入用な金を渡した。

病気の父親とは、それから連絡が取れなくなった。

調査会社の調査員とも電話が通じなくなり、訪ねてみた先の事務所は、何年も前から空き室になっている雑居ビルの一室だった。

――まさかと思って実家を訪ねてみたら、親父はピンシャンしてたよ。病気になんかかかっていなかったんだ。動物園のベンチでおれに会ったのと同じ顔で、同じ声で、こっちを親不孝だの人間のクズだのと云ってわめきやがるのね。

つまり？

と、インタビュアーが訊く。

——調査会社の調査員も、親父も、にせものだったんだよ。やられた……と思ったねえ。おれがしてきたのと同じ手で、いや、むしろずっと単純なシナリオで、プロのおれをだましたんだ。このおれが、カモられたってわけ。

まさに、サギサギ詐欺ですねえ。

インタビュアーが感心した声で云った。

だまされたポイントは、どこだったと思いますか？

ここぞとばかりにインタビュアーが尋ね、言葉がそのままテロップになる。

——おれがだまされたのは、相手の演技が完璧だったせいだ。そりゃあ、何十年も会っていなかったとはいえ、あいつは息子のおれの前で完璧に親父の真似をしてみせた。おれがだまされたポイントはそこだね。

「詐欺師をだます詐欺とは、すごい人が居たもんだわ。うちのタレントに欲しいくらいだけど、さすがに犯罪者はスカウトできないわよねえ」

テレビ画面の中で負けを認める元詐欺師の、合成された声を聞きながら、社長がこちらに視線を移す。

「それより、大福。にせシゲタシゲルの長谷川竜一はどうなったのよ——」

云いかけた社長の声は、大福の「うわあ、きたー！」と叫ぶ声にかき消された。

客用のソファに座って新聞を読んでいた大福が、丸っこい体で飛び上がらんばかりに驚いている。

「なによ。びっくりするじゃないの」

社長のエゴイストがツンと鼻腔を刺激すると、大福は母親に大ニュースを知らせようとする子どもみたいに、新聞を持って社長席にスッ飛んで行った。

「社長、ここ、ここ」

短い指が、紙面下のベタ記事をさしている。

「なに、どうしたの？」

社長も慌てんぼうの息子をいさめるみたいな声を出し、新聞を受け取った。

――市立沢野田小学校の田口輝彦教諭（43）が、青森駅前のバスターミナル付近で全裸で駆け回っているところを、公然わいせつ容疑の現行犯で逮捕された。田口教諭は飲酒による混乱のためと釈明している。同教諭は、先ごろ行われた市内の商店街夏祭り会場においても、飲酒が原因の乱闘騒ぎを起こしていた。田口教諭からは辞職願が提出されているが、市教育委員会では懲戒処分を検討している。

読み終えた社長は、きれいに整えた眉をひそめて、大福を見上げた。

「どこかで聞いた話だわね」

「柏原の生き霊の予言どおりじゃないですか」

数日前、田口の級友である柏原が、恩師の妻に向かって、この記事にあるのとほぼ同じことを告げていた。ところが、柏原は前日に急病で倒れ、その時間には病院の集中治療室に居たのである。

「普通に見たら、予言でしょ。生き霊の予言ですよね」

「不思議なこともあるものね」

「でも、だまされちゃいけない」

珍しく素直に同意する社長の目の前で、大福は短い人差し指をぷんぷんと振った。

「不思議な結果には、必然的な原因ってのがあるもんなんですよ、社長」

「なにをえらそうなことを云ってんの。それより、にせシゲタシゲルの長谷川竜一を早く見つけて来てってば。うちのこのうすーいタレント層をね、あの人の実力で一気にアップしたいんだから」

「ものまね芸人だったら、おれが居るじゃないですか」

「そんな甘っちょろいことを云ってるひまがあったら、さっさと長谷川竜一を探してらっしゃい。あんた、昨日もゲーセンで遊んでたって聞いたわよ」

「いやいや、遊んでいたのではなく、社長から与えられた使命を果たすべく、聞き込みに行っていたんですよ。そして、いよいよこれから——」

大福の云いかけた言葉は、遠慮がちにドアを叩く音に遮られた。

「あ。来たみたいです」

大福はころんと丸い体で転がるように入口のドアに駆け寄ると、芝居めいたうやうやしさでドアを開けた。

4

伏木プロダクションのドアの向こうに居たのは、松山だった。スーパー・サンサンの店主である。

どうしたの？　というまなざしで、社長がこちらを見る。

「お待ちしてましたよー」

大福が愛嬌たっぷりに請《しょう》じ入れると、松山は怪訝《けげん》そうな顔をして事務所に入って来た。

「お呼び立てして、申し訳ありません」

「いったい、なんの用ですか？」

大福は松山をわざわざ呼びつけていたらしい。松山は不服だったようで、その気持ちを隠すことをしなかった。

「ご足労いただき、恐縮です」

大福は煮詰まったコーヒーに氷を入れてアイスコーヒーを作ると、冷蔵庫をかき回してガムシロップとクリームの小さなカップを探しあてた。ことによったら、クリームは固まっているのではないかと危惧《きぐ》しながらも、うやうやしく客の前に差し出す。

「柏原さんが急病で倒れられたそうですね？」

「ああ」

松山はうなずきながら、こちらの顔を探るように見た。

「なして、そんなことを知っているんです？」

「横山先生の奥さんにお聞きしたんですよ」

その折に奥さんが体験したという奇妙な小事件について、大福はかいつまんで説明した。バスの中で会った柏原が、田口の起こす破廉恥事件を予言したこと。

実際には、そのとき、柏原は心臓発作で倒れて病院の集中治療室に居たということ。

聞いているうちに、松山の機嫌はどんどん悪くなってゆく。前にスーパーを訪ねて行ったときの愛想の良い商売人とは別人みたいな険しい顔で、大福を睨んだ。

「おたくさんは、なんの話がしたいんだ」

「ばちが当たったたって話ですよ」

大福のひとことが痛いところを突いたらしく、松山はつかみかかるような勢いで立ち上がる。アイスコーヒーが揺れ、離れた場所に居る社長も応戦するかのようにデスクを離れたのが視界に入った。

「まあ、お掛けください」

大福は大きな赤ん坊のようなからだをゆさゆさ揺らすと、やはり赤ん坊に似た黒目がちの両目でじっと松山を見た。

松山はふたたびソファに腰をおろし、離れた場所では社長がデスクチェアに落ち着いた。

「柏原はまだ面会謝絶ですが、命は助かるようです」

なにがばちだよ。柏原は死ぬわけじゃないんだぞ。そんな意味なのか、松山はどこやら勝ち誇ったように云った。

だったら、駅前で裸になって走っていた田口さんはどうなったんですか？

意地悪でそう訊きたくなる気持ちを、大福はぐっと抑えた。ここでヘソを曲げられて帰られたら、せっかくの見せ場が台無しだ。だから大福は、相手が逃げて行かないための布石を打っておくことにする。

「また、わたしのほうからスーパー・サンサンにお邪魔してもよかったのですが。ご家族の方には、聞かせたくない話だと思いまして」

「まるで強請《ゆす》りみたいなことを云うんだな」

「強請りだなんて、とんでもない」

強請りだなんて、ホントとんでもない。――と、大福は繰り返して、短い指をひざの上で組み合わせた。

「昔の話をさせてください。あなた方が中学二年生だったときの話です。バブル景気が始まったころだ。あなたと田口さんと柏原さんは、夏休みを利用してカナダに短期留学されていますね。カナダ、バンクーバー、ホームステイ一週間、費用は二十二万二千円也。

仲良し四人組の中で、長谷川さんだけが短期留学に行かなかったが、おそらく長谷川さんのお母さんは、あなた方と同じく申込みをされていたと思うんですよ」

大福のきらきらした目に見つめられて、松山は居心地悪そうにわきを向いた。

「そんなこと、おれは知らねえじゃ」

「あなた方が短期留学に出掛ける少し前、スーパー・サンサンで働いていた長谷川竜一さんのお母さんが、売上から百万円を横領して警察に逮捕されましたね。長谷川家は、母子家庭の二人暮らし、桃子さんは自分の息子も仲良しのあなたたちと一緒に夏休みの短期留学をさせたかったようだ。しかし、どうしてもその費用を捻出できず、思いあまって職場の金に手を付けてしまった。金庫から二十万円を借りたが、返すつもりだった。——むちゃくちゃに聞こえる証言ですが、ウソではなかったと思うんですよ」

「なにを今さら」

松山はイライラした手つきでガムシロップの蓋を開けると、アイスコーヒーのグラスに注いだ。クリームのほうには手を付けなかったので、大福は心のすみでホッとする。

「従業員が職場の金庫から金を借りるなんて理屈が、どこの世界で通用するって云うんだ。そういうのば、横領って云うんですよ、横領」

「確かに」

松山を前に、過ぎた時間の話をしながら大福は、離れたデスクからこちらに聞き耳を立てている社長の気配を感じた。

「長谷川桃子さんが警察で自供したのは、あくまで二十万円の横領です。息子の短期留学に必要な二十万円を、スーパー・サンサンの金庫から借りた、と。だったら、残りの八十万はどこに行ったのでしょう？」

大福はそう云って、相手を凝視する。

松山の顔にさっと朱が差して、怒りの形相をかたどったお面みたいになった。

それが急におどおどしたかと思うと、ぎこちなく元の顔色にもどる。怒りも狼狽《ろうばい》も敢えて押し殺した、作り物の顔だった。

「知るわけがねえじゃ」

「いや、知ってるべさ」

津軽弁で短く応じたときだけ、大福の顔が怖くなる。

しかし、すぐに愛嬌の良いものまね芸人にもどり、大福は続けた。

「長谷川桃子さんが罪をつぐなうという形で肩代わりさせられた八十万円は、あんた方のお小遣いになったんじゃありませんか？

あんたは前々からスーパー・サンサンの金庫からかなり大胆にお金を盗み出しては、ゲームセンターなんかで遊んでいた。昔からある北中学校近くのゲーセンの店長が、あんた方のことを覚えていましたよ。向こうも本職だから、あんた方の金遣いの荒さを怪しいと見ていたようだ。ところが、あるときを境に、あんた方の豪遊が止まったそうです。それが、長谷川桃子の横領事件と同じ時期だ」

そこで大福の声が急に怖くなる。大きな赤ん坊のような福々しい顔が、苦いものでも食べたみたいにゆがんだ。

「ひどいのは、あんた方が長谷川さんのことも同じ遊び友だちにしていたことだよ。せめて、長谷川さんのことを仲間はずれにでもしていたら、まだ救われたんだ」

「…………」

「結果的に、長谷川さんの母親に罪をなすりつけた八十万円で、あんたたちは、長谷川さんも巻き込んで、一緒になって遊んでたんだよな」

「なんの証拠があるってのや？」

「いや、証拠なんかありませんよ。おれは、あんた方の罪を告発しようとしているんじゃありませんから。あんた方の罪を問おうとしているのは、別の人間だ」

云いながら、大福は近くにだれかが居る気配を感じていた。

目の前の松山とも、離れて耳をそばだてている社長とも別の——昔の事件の当事者の霊魂ともいうべき存在が、大福がしくじらないように、じっとこちらをうかがっているような気がする。

「長谷川竜一さんは、無類のものまね名人だ。いや、本職のおれが云うんだから、間違いはありません。あの人ならば、先生の奥さんくらいは簡単にだませたはずです」

「おたくのしゃべっている意味が、まったく判らねえな」

「判りませんか？　じゃあ、やさしく説明します」

バスの中で横山先生の奥さんが会った柏原は、実は柏原を真似た長谷川だった。

長谷川は現実とは違う田口の災難のことを話して、奥さんを仰天させる。

奥さんは慌てて田口と連絡を取り、柏原——実際には柏原に化けた長谷川に聞いた事実を確認するが、田口はそんなことはないと笑って否定した。

しかし、笑って否定してみせたとして、奥さんから聞いた破廉恥事件のことは、田口に強烈な暗示を与えた。

なにせ、自分が駅前でストリーキングを演じるというのは、柏原の生き霊の予言なのだから。

「まさか——」

日に焼けた松山の顔が、白茶けている。

「まさか、夏祭りで出会ったのも、ガセの待ち伏せだったと云うんでねえべな。われわれが酔って騒いだのも、あいつの思う壺だったというわけでねえべな」

「いや、それは違うでしょう」

長谷川も、横山先生の還暦を祝いに来たのではないかと、大福は思っていた。

それでも自宅を訪ねる踏ん切りがつかなくて、代わりに先生の自宅近くで開かれている商店街祭りにもぐり込んだ。——実際、それはもぐり込んだというべきやり方で、どういう方法を講じたものか、伏木プロダクションの手配を操作し、シゲタシゲルというタレントとして登場した。

長谷川は、横山先生が偶然に自分を見つけてくれることに賭けたのだろう。

長谷川が、どうしてそこまでして横山先生に会おうとしたのかは、大福にも判らない。母親の犯した窃盗は長谷川の罪ではないし、もうずいぶん昔のことなのだ。

しかし、結局のところ先生には会えず、反対に、もっとも会いたくない連中が押し掛けて来た。母親に八十万円分の横領の罪を押し付けておいて、いっぱしの紳士に育った三人の同級生たちだ。

「あんた方、あのとき、どうしてあんなに暴れたんです？　なにがあんたたちを、興奮させたんだ？　長谷川さんが八十万円分の罪を告発しに来たと、先読みしちゃったんじゃないですか？　だけど、あんた方のあの態度が、長谷川さんを完全に怒らせたんですよ」

「おまえ――」

松山が、逆ギレ心頭に発《はっ》した勢いで立ち上がる。

テーブルに当たってアイスコーヒーが揺れたが、あやういところでこぼれなかった。

松山は黒い液体が入ったグラスをわしづかみにする。

「おまえ――」

大福はそれを頭から掛けられる気がして身構えたものの、相手は一気に飲み干して「まずい！」と叫んだ。

「そんな云いがかりを、いつまでも黙って聞いていると思うのか。これ以上、おかしなことを云うなら、名誉棄損で訴えてやる」

松山がそう云ったとき、事務所の奥から硬いヒールの音が近づいて来た。エゴイストの強いかおりが、それをまとう当人の使う扇子にあおられ、部屋中に拡散する。

「名誉棄損?」

客用のソファのそばまで来た社長が、いささか演技過剰とも思える調子で見得を切った。

ガッと片脚を上げて高いヒールでテーブルを踏み、半身を松山のほうに突き出す。

「上等ね。うちはチビた芸能事務所ですけど、ケンカの仕方は知ってるわ」

美魔女に変じた往年の清純派スターは、獅子頭《ししがしら》のように目を爛々といからせた。

女優はスクリーンで見るよりも、生で見るほうが迫力があるのだと、大福は思い知る。

「いや、訴えるなんてのは、言葉のアヤで——」

大福よりもいっそう度胆を抜かれた松山は、早々に降参へと態度を転じた。

「しかし、あいつはまだ、われわれに仕返しをしようとするでしょうか?」

松山は急にしおたれた態度で訊いてくる。

大福は横目で社長を見て、それから短い指でぽりぽりと頬を掻いた。

「おれたちも長谷川さんを探しているところですから、もしも昔のことを悔いているっていうなら、そう伝えましょう」

大福が云うと松山は従順にうなずき、丁寧に頭を下げて帰って行った。

社長の貫禄ひとつで松山の態度が一変したのが、大福はちょっと気に入らない。ふくれっつらをしていたら、社長がにやにや笑いをしながらこちらをのぞいてきた。

「大福ったら、長谷川竜一を見つける気まんまんじゃないの。頼りにしているわよ」

「ねえ、社長。まだ長谷川竜一をスカウトする気なんですか？」

松山が使わずに残していったクリームのカップを耳の横で振り、凝固していないのを確かめてまた冷蔵庫にもどす。

あたりまえじゃないの――と、社長が云いかけたとき、事務所の奥のトイレから、修理業者が顔を出した。狭い場所での作業がきつかったのだろう、腰をかばいながら、工具箱を片手にこちらに来る。

「では、請求書は、のちほど――」

云いかけるのを制して、社長は爪を美しく伸ばした手を振った。

「修理代金は、管理人に請求してね。費用はビルのオーナー持ちですから」

美魔女の微笑みに圧倒されて、修理業者はとんだ失言をしたとでもいうように、ぺこぺこ頭を下げる。

その後ろ姿を見送りながら、社長は冷房のスイッチを切った。

＊

伏木プロダクションの事務所は、社長室と応接室と稽古場を兼ねている。

そのごちゃごちゃした一角で、シロクマ大福はカブト虫になりきる稽古をしていた。

両腕、両脚の関節を同じ角度で曲げて、空想のクヌギの樹液をなめる。やがて登場した強敵クワガタとの戦いが始まり、空想のツノにぐいっと力を込めて上手出し投げのポーズ。

「大福、それ外でやって。うざいから」

奥のデスクから、社長が睨め付けてくる。

このところ、伏木社長の機嫌は、これ以上悪くなりようがないほど悪化していた。

その原因のひとつは、トイレだった。

修理業者が直していったはずのトイレは、一度使っただけで元にもどってしまったのである。

つまり、流した水が止まらないという状態にもどってしまったのだ。

そのときに使用した大福が、八つ当たりの標的となった。以来、まるで大福がトイレを壊した張本人のように、社長につらく当たられている。

もちろん、いの一番にクレームの向いた先はビルの管理人なのだが、奇妙なことに、この気長な老人はまだ修理業者に一度も連絡を取っていなかった。それならば、前に来た陰気な感じの修理業者はなんだったのだと尋ねると、管理人は「夏だはんでの」のひとことで片付けた。

――夏だものして。オバケも出るべさ。

管理人は、この古いビルで起こるトラブルは、怪談で片付けようという作戦らしい。

――オ・バ・ケ・な・ん・て・出・ま・せ・ん・よ。

社長は二人羽織のごとく、管理人の手をとって本物の修理業者に電話をかけさせ、ようやくのこと、業者はあさっての午後に来ることになった。美魔女の社長に手を握られた管理人は、そのとき以来とても幸せそうにしている。

「いや、社長。これにカブト虫の着ぐるみを着たら、圧巻ですから」

「大福ったら、わたしが虫嫌いなこと知ってるわよね」

「いや、そんな」

社長が気に入ろうと入るまいと、大福のカブト虫は新境地を開く昆虫ものまねの第一弾なのである。……両腕、両脚の関節を同じ角度で曲げて、空想のクヌギの樹液をなめる……という動作を繰り返していると、開けっ放しのドアの向こうで、足首まで隠れるサマードレスの男が唖然とこちらを見つめていた。

「…………」

「どうしたの、ソフィアちゃん」

「どうもこうも――大変なんですよ。早くテレビを観てください」

女装の麗人は、ブーゲンビリアの咲き誇る裾をはためかせ、大急ぎでテレビのリモコンに飛びついた。

ところが、剝がれかかったタイルにヒールをひっかけ、大福の上にがばりと倒れかかる。

「うわあ」

大福は、まるで花カマキリに捕食されるカブト虫のような格好になった。

――青森警察署前からの中継です。

テレビの中では、見慣れたローカル局のレポーターが、全国枠のニュースに登場していた。

画面の右肩には、『サギサギ詐欺、逮捕！』のテロップが躍っている。

「サギサギ詐欺が、青森の警察に自首したそうですよ」と、ソフィアちゃん。

「あらあら。どうしてまた、青森くんだりまで」

「だけどソフィアちゃん、そんな泡食うほどのことじゃ――」

不平を云いつつ、大福は四つん這いの花カマキリの下から這い出る。

ソフィアちゃんは、傷のできたヒールを見つめて「ああ」と嘆息し、改めてテレビ画面を指さした。

「泡食うほどのことなんだよ！」

官庁街の真ん中にある警察署の前に陣取った撮影クルーの横で、野次馬がおどけている。

そのかたわらで興奮と冷静さを器用に使い分けながら、レポーターは、容疑者が警察署に自首してきたことを繰り返し伝えていた。

中継の途中で画面が切り替わり、サギサギ詐欺の犯人の顔が映し出される。

それを見た大福と社長の顔が、同じ表情で固まった。

「あれ？」

「あれれ？」

画面いっぱいに映し出されたのは、つい先だってこの事務所に来たトイレ修理業者の男だったのである。その横には『長谷川竜一（43）』という字幕が付されている。

「どういうこと？」

「ええと――ええと」

啞然とする社長の横で、大福は本物の昆虫のように両手をうつろに動かしていたが、突如
「あああ！」と大声を上げた。

古い形の山高帽をかぶり、アートっぽい一筆書きをプリントした白いTシャツに、白いコ

ットンパンツとビーチサンダル——夏祭りのステージに現れた長谷川の風采を思い描けば、確かにあの修理業者と同じ体格、同じ顔なのだ。

(じゃあ、なにが違ったんだ？　そうだ、人間だよ、人間。長谷川竜一は修理業者という別人になりおおせていたんだ)

今にしてみれば、修理業者が右腰をかばっていたのも、商店街の騒ぎで転んで痛めたからに違いない。

「ああ。サギサギ詐欺が、長谷川竜一——」

夏祭りステージで見せた神わざのようなものまねは、なるほど、ものまねとは別の次元のものだったわけである。さまざまなタレント本人が出現したようなステージが、大福の信条とするものまね芸とは一線を画していたのも、そのせいだ。

(でも、だが、しかし)

異質のものであれ、それは大福の芸を何段も超えていたのは事実だ。

相手が詐欺師であろうが、実力の差を目の当たりにさせられては、素直な気持ちでいられない。事件が急展開した今、大福のコンプレックスは、ますます燃えた。

「大福、あんたいいことをしたわね」

「え？」

振り返れば、社長が腕組みをして笑っている。

いいことをした。

そう云われたとたん、やっかいなコンプレックスの火がじんわりと鎮火したことに、大福は自分でも驚いた。

「大福がいじめっ子をとっちめてやったから、彼きっと、自首する気になったのよ」

社長は吸い寄せられるようにテレビ画面を見つめながら、実感を込めて云った。

「いや。――この人は最初から自首する気で、青森に帰って来たんだと思います」

長谷川が起こした騒動で、今まで胸に引っかかっていたことが、ようやく解けた。

長谷川竜一がもうもどらないと云っていた青森にもどり、横山先生に会いに来たのは、彼が自首を決心していたからではなかったのか。

――ふるさとへのこだわりってのを、聞かせていただけますか？

奇しくも、初対面のあの日に、長谷川に向かって投げた問いの答えが、悲しい皮肉となって返って来た。長谷川竜一の悲劇は少年時代のふるさとで起こり、そこから転落した非凡な犯罪者の一代記もまたふるさとで終わる。

「そうだとしても、大福が味方してくれたのは心強かったはずだよ」

ソフィアちゃんが云った。

*

「大福、あんたまだカブト虫のものまねしてんの？　この暑いのになにを着てんのよ」

商工会議所の会合から帰って来た伏木社長は、カブト虫の着ぐるみを着けたシロクマ大福を呆れたように見た。

「ゆくゆくは、おれの芸の目玉にするつもりです」

「あんた、それよりねえ。この話、聞いてる？」

長谷川竜一の仕返し劇は、もうひとつのハプニングをもって締めくくりとなった。

松山が経営するスーパー・サンサンが、ちょうど百万円の不渡りで倒産してしまったのだ。

拘置所に収容されていた長谷川がこの件に関わっていないことは、明らかだった。

「天の配剤って云うのも変だけど、三人それぞれ崖っぷちから落ちて、それに長谷川本人が自首することで、問題の八十万円分の帳尻が合ったのよね」

「まあ——そうですかね」

真夏日の事務所でその報せを聞いた大福は、煮詰まったコーヒーに氷を入れてアイスコーヒーを作ると、一息で飲み干し長い長い息をついた。

第二話　超能力

1

　国道七号線沿い、古くからあるファッションビルのスピカには、ちょっと不良な、ちょっとアーティスティックな、そしてマイナーな洋服と雑貨のテナントが、一階から最上階の六階までを占めていた。

　若者をターゲットにしたスピカが旨とするのは、チープであること、可愛ければ（あるいは格好良ければ）着心地、使い心地なんて度外視すること、大人に認められなくても胸を張ること、ここで買い物をしたら幸せな気分になること。

　正面口の決して新しくない、ガタガタいう自動ドアをくぐると、二階まで吹き抜けになった天井近くに広いディスプレイ空間があり、そこにはだれを映すでもないさまざまな鏡台《ドレッサー》と、古いバレエの衣装が宙吊り状態で飾られている。

その下にはちょっとしたステージが設けられていて、アマチュアやプロを問わず、地元や旅興行を問わず、さまざまなタイプの芝居が演じられてきた。

目をテナントへと転じれば、蝙蝠《こうもり》のつばさをあしらったドレスや、アマチュア画家の絵をプリントした浴衣、ポケットだけをつなぎ合わせたジャケットなど、夢とムダにあふれる商品が並ぶ。ショップからショップへ足を運ぶうち、まるで仕掛け絵本のページをめくるみたいな心地を味わうことになるのだ。

スピカは夢のくずかごであれ！

それが、スピカの先代オーナーの残した金言である。

*

伏木プロダクションにマジシャンとして籍を置くクロエは、このファッションビルの六階に占いのショップを持っている。

青みがかった黒髪をショートにして、飾りのない黒いワンピースに黒いブーツ。黒猫を連想させる小柄でしなやかな姿は、この風変わりなファッションビルによく似合う。それもあってか、クロエの占い業はまずまず順調だった。

けれど、クロエにとってはあくまでマジックが生業で、占いは趣味の延長のようなものだ。生業で暮らしが立たないのは、マイナーなタレントの宿命である。食べていけない本業に見切りをつけて、副業一本に転向する者も少なからずいる。そんな中で、クロエは稼げない本業と稼げる副業のバランスを、うまくとっていた。

彼女にはマジシャンとして全国的に売り出したいなどという野心は最初からなく、さりとて食えない本業を捨てる気もない。年を取って年金生活に入るまで、マジックショーでお客を楽しませ、空いた時間は得意の占いで暮らしを立てていこうと考えている。

――六階オモチャのナイトーでお買い物をしたお客さま、お買い物袋をお忘れです。おそれいりますが、売り場までお越しくださいませ。

館内放送が繰り返し聞こえた。

クロエの占いショップは、そのオモチャのナイトーのある六階、化粧室への案内板が下がる通路わきに、ちんまりと設けられていた。

クロエは自分のショップをただ「テント」とだけ呼んでいる。

ほろでこしらえた円錐形のテントの中で営業しているからだ。

フロアの中にわざわざそんな隠れ家を設えた理由は、占いという内緒ごとを商うからに他ならない。

学校がひける時間になると、単純な恋に悩むティーンエイジャーたちが、ぽつりぽつりとこのテントにやって来る。それから何時間かして会社がひける夕方になると、もう少し深刻な恋に悩むOLたちが、隠れるようにしてやって来る。

その他の時間は、学校なんかに行ってられない気分の学生や、仕事なんかしてられない気分のOLや、恋なんてそんなのんきなことを悩んでいた時代があったのだねえ……と苦笑する中高年が、もっとシャレにならない悩みごとを抱えてやって来る。

それでもおおむねクロエはひまであったから、通路越しに大きなスペースを占めるオモチャのナイトーを眺めて多くの時間を過ごしていた。

このオモチャのナイトーの先代社長こそが、スピカを建てた当人なのだ。

オモチャのナイトーには、赤ん坊をあやすオルゴールメリーから、積木や着せ替え人形、大人向けのプラスチックモデルやドールハウスまで、可愛くてきれいでわくわくするものが所せましと並べられていた。

それでもこのオモチャのナイトーは、スピカの他のテナントに比べて、はっきりと違った点がある。〝夢のくずかご〟であるスピカの中でゆいいつ、実《じつ》のあるものを売っているということだ。

孫の誕生日プレゼントをもとめて、子どものクリスマスプレゼントをもとめて、自分へのごほうびをもとめて、オモチャのナイトーにはさまざまな人たちがやって来る。

　このところ、クロエによるオモチャのナイトーの人間ウォッチングは、もっぱら、若社長の恋の行方へと向いていた。

　社長職を継いだばかりの内藤正樹は、新入社員の篠井早菜《さな》に身も世もない恋心を抱いているらしい。社長が女性社員に惚れ込んで、せっせとその気持ちをアピールしているのだから、ともすればセクハラになりかねないのだが、この内藤ジュニアに限っては気の毒なほどの純愛なのだった。

（実際、見ていて面白いのよ）

　早菜が在庫の箱を運ぼうとすると、どこからともなく内藤が駆け寄って、力仕事を片付けてしまう。中学校から大学までラグビー部に所属していた内藤正樹は、大柄なうえに筋骨隆々として見るからに頼もしい。けれど、そんな図体でちょこまか動かれるのは、いささか鬱陶しい。

　――篠井さん、力仕事ならぼくがしますよ。

　たとえ空箱を片付けるのでも、内藤は早菜を助けようとする。そんなときに、手と手なんかが触れようものなら、この大柄な青年は郵便ポストより赤くなった。

　あるいは、むずかしい客がレジに立つ早菜を困らせるや、またしても風のごとく現れた内藤が早菜をかばってちょっとした愁嘆場に発展したこともある。

――篠井さん、おはよう。

――篠井さん、さっき淹《い》れてくれたお茶、とってもおいしかったよ。

――篠井さん、いつも、おつかれさま。

――篠井さん、ぼくは会議に出て直帰します。

篠井さん、篠井さん、篠井さん、篠井さん――。

こうも篠井さんを中心に世の中が回っては、他の社員のひんしゅくを買いそうなものだが、当の篠井早菜が一向に振り向こうとしないので、店のスタッフはクロエと同じ次元で面白がっている。

一人だけそれでは治まらないのが篠井早菜本人で、彼女は若い経営者の好意をセクハラとだけ認識しているようだった。

(あの子、最初からなんかモヤモヤを背負ってるんだよな)

丸テーブルに頬杖をついたクロエは、商品の棚を拭く早菜を遠目に見ている。

本職はマジシャンだと胸を張るクロエだが、こうして日々占いの研鑽《けんさん》を積んでいると、姿を見ただけでその人の心の重さが判るようになってくる。

(なんかあるなら、うちに来たらいいのに)

クロエはテーブルに積んだカードをシャッフルし、なんの気なしに一枚を持ち上げると、それは〝悪魔〟のカードだった。

「運命あるいは執着」

クロエがぽつりとつぶやいたとき、通路の先からオリエンタルな香水がかおってきた。

香水といえば、伏木プロダクションの伏木貴子社長が愛用しているエゴイストの他は判らない。人が皆かおりで自己主張したら人類の嗅覚が崩壊すると思っているから、クロエ自身は香水に関しては無縁のものと決めていた。

ゆえに、香水を使う人間はある意味では無法者だと思っている。

皆がすれば混乱を招く装いを、自分だけするのだから、確かにエゴだ。それを「いかにも、わたしゃエゴイストでございますよ」といわんばかりの伏木社長のかおり選びだけは、クロエにとってお茶目の範疇《はんちゅう》に入っている。

はたして、通路の向こうから来たのは、マオカラーのワンピースに白いドレープのカーディガンを羽織った女性客だった。

(オリエンタルの淑女)

口の中でつぶやいて、クロエは手に持った〝悪魔〟のカードをもどす。

オリエンタルの淑女――とクロエが名付けたばかりの女性客は、とがったヒールで軽い足音をたてながら、オモチャのナイトーの店内へと入って行った。どう見たってティーンズ向けのチープなファッションビルには不似合いだが、六階のオモチャ屋とクロエの占いテントにだけは、こんな大人の客も足を踏み入れる。

クロエはただぼんやりと、オリエンタルの淑女の白いドレープのそよぐ袖を見つめた。見つめるほど、美しかったのである。

(目鼻立ちがだれかに似ているなあ)

そんなことを思うのだが、まるで香水にでも酔ったようで、だれに似ているのか思い出せない。それがもどかしく、しかし宙ぶらりんな感覚が奇妙なほど心地好くもある。

クロエがぼんやりとその姿を追ううちにも、棚から棚、ガラスケースからガラスケースへと、オリエンタルの淑女は商品を見て回った。そうして見つくろったのは両手で抱えるほどのオモチャ――テディベアと、積木やパズル、ままごとの電話などである。

レジで応対しているのは篠井早菜で、オリエンタルの淑女は現金で会計を済ませた。

クロエは、オリエンタルの淑女が伝票に何事かを書き込み、来たとき同様、熱帯魚のようなドレープを揺らしてテントの前を横切るのを見た。

ほどなく、ラッピングした大きな包みを抱えて、篠井早菜が搬送用のエレベーターに向かう。

（配達かあ）

あくびを嚙み殺しながら、クロエは早菜の後ろ姿を見送った。

早菜を乗せたエレベーターの扉が閉まると、入れ違いのタイミングで、スカート丈の短い女子高生の二人連れがクロエのテントをのぞき込んだ。二人とも同じ県立高校の制服を着ている。

占ってもらえますか。彼氏のことで。

この年ごろの女の子らしく、あいまいな滑舌でそんなことを訊いてきた。口調ばかりは投げやりに聞こえるけど、女子高生たちは真面目な顔で、クロエとテーブルの上のカードを見比べていた。

2

篠井早菜は、たっぷりと余裕のある片側一車線の路肩にクルマを停めた。

そこは古い住宅地で、見渡す家並みは醬油で煮しめたような色調だった。

エアコンを利かせていた車内から一歩外に出ると、くらくらするような暑さが全身にまとわりついてくる。思わず目をすがめて見上げる空は、ただ一色の絵具でていねいに塗り上げたような青色だ。

（やっぱり、帽子をかぶってきたらよかった）

お客の前では帽子を脱いで挨拶しなくてはならないが、両手が配達の品物でふさがっているときなどは、都合が悪い。さりとて、この炎天下に年ごろの女が帽子も日傘もなしに居るのは、なかなか過酷なことだと思う。

（考えているひまがあったら、早く配達を済ませたらいいんだわ）

早菜は気を取り直して、クルマのバックドアを開けた。

配達用のバンには、車体いっぱいに、ピエロと風船とキャンディの雨と虹のリボンが描き込まれている。オモチャのナイトーでは、商品の配達には、かならずこのクルマを使うことになっていた。

世に交際費という言葉があるとおり、贈り物と打算は表裏一体だが、ことオモチャに関しては、送り主の愛情と受け取る子どもの嬉しい興奮があるのみだ。それを届けるオモチャのナイトーにとって、毎日がクリスマスであり、誕生日である。社員全員、自分がサンタクロースなのだということを忘れてはいけない。――これもまた、先代社長がなにかと口にしていた言葉だ。

篠井早菜はその社訓に心を動かされ、オモチャのナイトーで働くことを決めたのだ。この春、職を求めていた早菜は、清潔な人間の心を欲していた。

（なにしろ――）

思い出せば、無意識にも苦い顔になってしまう。

前に居た職場は、あらゆるハラスメントの温床だった。

毎日、朝の時間を何十分も費やす朝礼では、現実を上滑りしたキレイごとを唱和させられ、実際の問題に言及することは禁じられていた。暗いことを云うと、暗い人間になるという理屈だ。業務計画は精神論の他は無計画、残業代を申請せずに夜中まで会社に居残ることが無条件に評価され、親睦のためと称してやたらと飲み会ばかりが開かれた。恐妻家である常務が、天下御免で外飲みする大義名分に、社員全員が付き合わされるという格好だった。

挙句、慰労のための東京出張なるものが始まった。

常務が女子社員を一人ずつ連れて、業界団体の会合に形ばかり出席し、あとは東京のシティホテルに一泊するというものである。

業務の一環だとなかば脅されるように出張に付き合わされた早菜だったが、案の定、業務の拘束時間が終わると、いよいよ本当の拘束時間が始まった。常務がホテルの部屋に入って来るのを防ぐため、ほとんどケンカ腰にならねばならなかったし、そんな早菜は「後ろ向きで暗い性格だ」と決めつけられた。

そんなことばかりしている会社が、生き残れるはずもない。

この春に会社は倒産し、早菜はむしろホッとした。自分から辞職願を出せるほどの度胸はなかったけれど、つぶれてしまったのなら是非もない。

その時点で早菜の心はずいぶんと疲れていたし、働くということに無意識の嫌悪を覚えてもいた。

それでも、十代のころから好きだったスピカのテナントに仕事を見つけられたのは、幸運だった。しかも、オモチャのナイトーはスピカのオーナーが経営する店で、すみずみまで行き届いた先代社長の哲学は、早菜の心の傷を縫合してくれる魔法の糸のようなものだった。いいところに就職できたと、早菜は喜んでいた。

(でも……)

このところ、雲行きが怪しくなってきている。

新社長——先代社長の一人息子が、早菜に目を付けたらしい。またぞろ、合コンみたいな親睦会がひんぱんに開かれるようになり、気が付けば隣に新社長が居る。出勤しても、朝な夕なに「篠井さん、篠井さん」と追って来る態度には、どうしても前の職場のやにさがった常務のことが思い出されてしまうのだ。

「どー……こ……」

子どもの声がして、早菜はわれに返った。

迷子かと思って見渡しても、姿が見えない。それどころか、通りにはやはり人影もなかった。遠くから聞こえる廃品回収の呼び声が、この辺りの静けさをよけいに強調していた。

(さあ、仕事、仕事、仕事)

早菜はいやな気持ちを振り払って、配達先の家を見上げた。

昭和のなかばを連想させる木造モルタルの古い家だった。

両隣が空き地になっている。

家の外壁一面に蔦《つた》が絡み付いて、盛夏だというのになぜか真っ赤に紅葉していた。

(どうして?)

そう思ったとき、冷たい風がひとすじ背中を撫でるように吹き抜けた。

ブロック塀から中へ踏み入れようとする足が、不意に重たくなった気がしたが、早菜は抱えた配達の品を落とさないように神経を集中した。

なにも植えられていない前庭に自家用車が停められていて、ぶつからないように注意しながら玄関まで進む。ずいぶんと洗車をおこたっている様子で、少しでも触れようものなら制服に泥がつきそうだったからだ。

表札には、「田沢暢男《のぶお》　美枝子」の名があった。

配達伝票に書かれたとおりである。

(よ、いしょ、と)

品物で両手がふさがっているから、人差し指だけちょこんと伸ばして呼び鈴を押した。

インターフォンではないので、ほどなく田沢美枝子と思《おぼ》しき女性が玄関先までやって来る。

ドアを閉めたままで、「どちらさん?」と誰何《すいか》してきた。

「オモチャのナイトーと申します。品物を配達に参りました」

「………」

しばらくの沈黙の後、「頼んでませんが」という返事がある。

最初から愛想の良い声ではなかったが、このふたこと目は一オクターブも下がったような非難がましい調子だった。

「雪田瑞恵さんからのお届け物です」

早菜はめげずに明るく応じた。配達先で受け取りを拒否されるなど、新入社員の早菜には、はじめての経験である。

「お会計も済ませてありますので。こちらのお坊ちゃんに、ぜひ使っていただきたいと――」

しかし、ドアの向こうの田沢美枝子はいよいよ頑《かたく》なな声色になる。

「そんな人、知りませんよ。もらう覚えがありません」

「でも……」

どう食い下がったらいいのか判らず、途方に暮れたとき、玄関先にまた別の気配が加わった。突然にドアが開いて、険しい顔つきの田沢美枝子と対面することとなった。そのかたわらに、ドアを開けたこの家の主人が、妻とは対照的な笑顔で立っていた。

「どうも、どうも、ご苦労さま」

田沢暢男は、自分のほうが営業をしているような表情だったが、早菜の顔を見たとたん笑顔のボルテージが上がった。差し伸べた手でオモチャの贈り物を受け取りしな、親指が早菜の手の甲を「ズルリ」と撫でる。その熱く湿ったような感触に、早菜は商品を取り落としそうになった。

瞬間、夫がこの若い女を相手になにをしたのかを見てとった田沢美枝子が、突き刺すような視線を投げる。田沢暢男は妻の非難など眼中にないといった目つきで、なめ回すように早菜の全身を眺めてきた。

「し――失礼します」

早菜は顔をこわばらせると、届け物の一番上に載せていたテディベアが転げ落ちるのも構わず、きびすを返した。

（なによ――なによ、なによ）

前の職場の、いやでいやでたまらなかった常務と同じ目だ。服の上から相手の裸を想像して撫で回すような、あの目だ。

隣の空き地から、もう一方の空き地へと、熱風が吹き抜ける。しかし、それはざわざわとした悪寒となって早菜の背筋を凍らせた。

いまだ開け放したままのドアから、高笑いが聞こえてくる。

「なんだ、あの女。自意識過剰なんだよ」

こちらに聞こえよがしに云う夫の声を遮って、妻がドアを閉ざした。

カッと熱い怒りが頭から全身を駆けめぐる。

とって返して、文句を云ってやりたい。けれど、そんなことをしたらオモチャのナイトーに居られなくなるだろう。

(我慢しなくちゃ——我慢しなくちゃ)

われ知らず足が止まった早菜の耳に、細い声が聞こえた。

「どーこ」

思わず振り返ったが、だれも居ない。

壁に絡み付いた赤い蔦が、夏の風に揺られている。

まるで、びっしりと張り巡らされた血管が脈動しているかのようだ。そんなことを思ってしまって、突然に怖くなった。

早菜はクルマにもどると、急いでエンジンをかけた。

短い間だが炎天下に放置したクルマは、ひどい高温になっている。それなのに、窓を開けることもエアコンを使うことも失念し、早菜はその場をあとにした。

＊

「篠井さん、どうしたの？　真っ青だけど」

売り場にもどろうとすると、社長の内藤正樹が声をかけてきた。

いつもは鬱陶しいばかりに思える若社長の親切が、今日は身にしみた。結局のところ、田沢暢男の捨てゼリフのように、自分はただの自意識過剰な女なのではないかと思えてくる。

すると、なみだがこぼれそうになり、早菜は汗をぬぐう素振りでごまかした。

「熱中症になったのかも知れないよ。今日は特別に暑いからさ」

少し休んでいるようにと云われ、事務室でパソコンの前に座った。

「じゃあ、篠井さん。ぼくはちょっと問屋まで行ってきますから」

「はい」

いつものように「篠井さん」だけ特別扱いにする内藤の声がけにも、素直に応じた。

聞きなれたスタッフたちの声がする中で、ぽつねんと椅子に腰掛けていると、さっきまでの悪寒がうすらいでゆく。

（わたしって馬鹿みたい——あんな暑いクルマの中で窓も開けずにいたんだもの。熱中症になっても変じゃないよ）

もう大丈夫だと思ったら、田沢暢男に撫でられた手のことが急に気になってきた。

早菜は急いで手洗いに立つと、親指の腹で撫でられた手に液体せっけんをかけて、懸命にこする。水音をたてて繰り返し繰り返し洗ううち、ふと気が遠くなった。

（え？）

思わず固く目をつぶった視界に、スクーターに乗った社長——内藤正樹の姿が見えた。

駐車場から車道に出ようとして、後輪が縁石を踏み、バランスがくずれる。

スクーターはよろけながら進んで、道路の中央まで行って転んだ。

路線バスの大きな車体が、スクーターと内藤の体を呑み込むのが見える。

「——！」

目を開けると、四隅の錆《さ》びた鏡に自分の顔が映っている。

両手は、真冬の水で洗ったみたいに冷たくなっていた。

（なんなの、今の？）

篠井早菜の身の上に、不可解な事件が起こり始めたのはこのときからだった。

脈打つ鼓動を呑み込むようにして事務室にもどると、その場の様子が一変していた。売り場主任と、経理課長、アルバイトの学生二人が顔をこわばらせている。

「早く、早く」

「ちょっと、待って」

彼らは互いを見つめたり、取るものも取りあえずといった様子でエレベーターに向かったかと思うと、慌てた顔でもどって来たりしている。

「あの――どうしたんですか？」

「ああ、早菜ちゃん」

売り場主任が、冷えてしまった早菜の手をつかんで、緊迫した顔で云った。

「たった今、社長が交通事故に遭ったのさ。スピカのすぐ前で、スクーターが転んで、バスさ轢《ひ》かれるところしたんだって」

「ええっ？」

「わたし、すぐに行ってみるから。あんたさ売り場たのんでいい？」

「はい――はい」

どういうことなのか？

今さっき、たちくらみで見た幻覚のようなものが、現実になったのか？

主任と経理課長はエレベーターにとって返し、早菜は冷たくなった自分の手にしがみつくようにして、売り場に向かった。無人のレジの前で、高齢の婦人が二人、事務室の様子をうかがうようにして待っていた。

「お待たせして、申し訳ありません」

早菜は小走りにレジのカウンターに駆け込むと、差し出されたオルゴールメリーの箱を受け取る。

「初孫が生まれるから、気忙しくて仕方ないの。毎日、赤ん坊用の洋服やオモチャを買いに出ないと気がすまなくてさねえ」

「買い物ばっかりして、お嫁さんが気に入らないば使ってもらえないべさ」

「あら、そした意地悪だことしゃべって」

姉妹なのか友だちなのか、老婦人たちは仲良さげな口ゲンカを始める。おかげで、包装に手間取る早菜の不手際も、どうにか許してもらえた。

「ありがとうございました」

詫びるように深く頭を下げて、二人を送り出したときである。

電話が鳴った。

ポケットの中には携帯電話が入っているが、それは早菜の電話の着信音ではなかった。

事務室の電話とも違う。

お客が居なくなった店の中で鳴り続ける電話の音は、あきらかに商品を並べた棚の一角から響いていた。オレンジ色のプラスチックでできた、オモチャの電話が鳴っているのだ。

早菜は音の鳴る電話に駆け寄り、グッと息を呑んだ。

それは音声が組み込まれたタイプではなく、中身がからっぽのままごと道具である。

早菜は鳴るはずのないオモチャの電話に手を伸ばし、大人の手には小さすぎる受話器をはずした。

とたん電話の着信音はとぎれ、受話器からささやくような音声がもれる。

——どー……。

そんなはずはない。聞こえるはずはない。

冷たい血が全身を駆けめぐるのを感じ、悪寒が指先にまで届いた。

(聞いたらダメ——受話器を置かなくちゃ、早く受話器を置かなくちゃ)

早菜はそう念じるのに、手は正反対に動いた。

小さな受話器を持ち上げて、きゅっと口を結ぶと、それを耳に当てる。

機械も仕掛けも組み込まれていない電話機から、早菜に向かってささやく声が聞こえた。

——どーこ。

3

伏木貴子は、商工会議所のロビーで、絆創膏だらけの大柄な青年に声をかけられた。

「社長。伏木社長」

一緒にエレベーターで降りて来た中の一人である。

だれだったかしら。

首を傾げたとたんに思い出した。オモチャのナイトーの若社長、内藤正樹だ。

「あら、マァくん。あなた、すくすく育って——いや、本当に巨大化して」

「ぼくがちびっ子だったのは、幼稚園までですよ」

内藤は頰に貼った絆創膏の端っこを搔き、それから「伏木社長、ちょっといいですか？」

と、自動販売機が置かれているそばのベンチを指さした。

「どうかしたの？」

貴子は自分の香水に鼻をむずむずさせながら、腰をおろす。

本州の北の果て、青森に芸能事務所を構える伏木貴子は、老いを忘れた女だった。今月の一日で五十歳になってしまったが、彼女の辞書には老眼だの更年期障害だのコレステロールだのという言葉はない。立ちのぼるオーラのごとくかおるシャネルのエゴイストと、ダイヤらしきペンダントが、対面した人に催眠術でもかけるのだろうか。

——何歳だか判らないけど、すごい美人。

貴子に会った人たちは、一様にそんな印象を持つ。

実年齢を知る人は、貴子の前に出ると、知ってはならないことを知ってしまったような、理不尽な罪悪感まで覚えてしまうのである。

「なにかあったの、マァくん？」

すらりと伸びた脚を組み、ひざに頰杖をつきながら、貴子は内藤が缶コーヒーを買って来るのを待った。

「ひとつお訊きしたいのですが」

内藤はあちこちに絆創膏を貼った顔をくもらせ、なおしばらくためらった後で口を開いた。

「超能力というのは、芸でしょうか？　それとも病気でしょうか？」

「チョーノーリョク？」

思わず、すっとんきょうな声を上げる。

「マァくん、あなた超能力があるの？」

「いえ、知り合いが——。実はうちの社員が、なっちゃったんです」

「あなたの部下が、超能力者になっちゃったの？」

「馬鹿げたこと云っているなあ——とは、自分でも判っているんですが」

「いえいえ、全然、馬鹿げてなんかいませんよ」

貴子は頬杖をやめて、身を乗り出した。

たんなる野次馬根性を示したのではない。芸能事務所の社長として、スカウト魂が騒いだのである。所属するタレントの九割はアマチュアの域を出ないという、伏木プロダクションのわびしい現実がその裏にあった。

「でも、あなた、変わってるわね」

「超能力のことを、真面目な顔をして云うからですか。でも、これは本当に——」

「そうじゃないの」

ウェーブの掛かった髪を揺らすと、立ちのぼるようにエゴイストのかおりがした。なぜかこのかおりはいつまでも嗅覚を麻痺させることなく、貴子の存在感そのもののように周囲をただよっている。

「普通は——といっても超能力者になるなんて、あまり普通じゃないけど——超能力とは特別な才能ですかって訊かない？　なのに、あなたは芸なのか病気なのかって訊いた。芸で片付けられることなのか、だけど病気なんじゃあるまいか？　つまり、あなたはその社員のことを、かなり真剣に気にかけてあげているのね」

そうと察しながらも、貴子という人間は、自らのかおりのごとくエゴイストなのである。なんとかして、その社員を引き抜いて超能力ショーを企画したい。できれば、全国ネットのテレビ番組に売り込みたい。超能力と聞いた瞬間から、貴子の胸には鮮やかなヴィジョンが湧いている。

内藤には、貴子のそんな欲の皮は見えないらしい。素直な様子でうなずいた。

「彼女――篠井早菜さんっていうんですが、彼女、ぼくがスクーターでコケるのを予知したらしいんです」

内藤は絆創膏だらけの顔や腕を指さす。

先週のこと、あやうくバスに轢かれかけたのだという。篠井早菜は、その直前に、内藤が事故に遭うという幻覚を見たらしい。

「他にも、うっかり紛失した伝票の在《あ》り処《か》を云い当てたり、総務課長の家の水道の締め忘れを予言したり、次のお客の買うものが判る、電車の遅れを云い当てる――そんな感じなんです」

伝票の在り処は、自分で先に現物を見つけていたのかも知れない。

水道の締め忘れは、くだんの総務課長の話の中からヒントを得たのかも知れない。

お客の買うものは、そのたたずまいから予測できなくもない。

電車の遅れは、たとえば天候の悪さが原因ならば当てるのもさほど困難ではない。

貴子はテレビの超能力ショーの様子を思いえがき、懐疑派のコメンテーターが云うであろう反論をざっと頭に並べてみる。しかし、彼女の口から出たのは、また別の言葉だった。

「宝くじは買ってみた？」

このきわめて俗物的な発言は、内藤の機嫌を損ねることはなかった。内藤はそれを当然の疑問ととらえて、かぶりを振る。

「そういう広域的なのは、無理みたいです。プロ野球の試合の予想は、みごとに外れてますから」

「ふうん」

それじゃあ、使いものになるかしら。単に勘が鋭いってだけで片付けられない？

「本人が気にしているのが、便器のイメージなんですよ」

「便器？　なにそれ」

思わず笑いかけるが、内藤の顔は大真面目だった。

「彼女、便器が燃えているのが見えるって云うんですよ。そのイメージが胸に迫ってきて、ひどく恐ろしいって悩んでいるんです」

「イメージ？」

辺り一帯は夜の闇で、ところどころに浮かんだ明かりが、高く繁る木立や刈り込まれた草地をぼんやりと照らし出している。その草地の中にぽつん立ったトイレの個室の中で、白い便器が炎に包まれているのだという。

「火事の予言かと思い、スピカのトイレすべてに禁煙の張り紙をしてみたんですが」

トイレに起きたいのを我慢して眠れば、そんな夢を見るのではないか。

そう思う貴子は、正面のドアから入って来た一組の男女に目が向いた。

いや、目が向いたというよりも、オリエンタルな香水のかおりが、貴子を振り向かせたのである。

「あれ、だれ？」

思わず、内藤に耳打ちした。

新来の男女二人は、この青森ではお目にかかれないセレブリティな様子をしていた。

肌の整い具合や顔立ちから見て、ともに二十代後半から三十歳そこそこらしいが、まるで世界を牛耳るかのような威厳がある。ことに女の姿が、毅然《きぜん》として美しかった。

濃茶のマオカラーのワンピースと、ドレープをふんだんに使った白いカーディガンの柔和さは、世俗の忙しなさとは一線を画している。強いが嫌味なくかおる香水はオリジナルに調合されたものだろうか、貴子には覚えのないものだ。それが貴子のエゴイストを圧して、ベンチに腰掛けたこちらにまでかおってきた。

「あの人たち、雪田宝飾の社長夫妻ですよ」

「あらま」

貴子は、ついついおばさんらしい感嘆の声を発する。

雪田宝飾といえば、業界トップクラスのブランドだ。ゴールデンタイムに入る短いドラマ仕立てのテレビコマーシャルを見て、娘の野亜が本物のダイヤが欲しいなどと云いだしたことがある。

(子どもを惑わす——ロクなもんじゃないわ)

それにしたって、世界を股に掛ける企業の経営者が、どうして青森の商工会議所に居るのか。貴子の頭の上に浮かぶ大きな疑問符を見透かして、内藤は人の好さげな笑顔になった。

「奥さんが、会頭の姪っ子なんだって。その縁で、青森で展示会か商談会を開けたらって話になっているらしいですよ」

「へえ、そうなの」

貴子はトレードマークのダイヤらしきペンダントを襟の中に隠すと、「ふん」と鼻息をついた。

「ところで、なんの話をしていたんでしたっけ？」

内藤におごられた缶コーヒーのプルタブを起こし、貴子は脚を組み直した。

内藤は、エレベーターに乗り込む雪田夫妻を目で追っている。

「あの奥さん、どこか篠井さんに面立ちが似ているんだよな」

「篠井さんて、超能力の子よね？」

尋ねると、大男の内藤はポッと赤くなってうなずいた。

（あら、あら）

内藤が胸に秘めた思いを読み取って、貴子はクスリと笑った。

＊

居酒屋・丸太で、クロエは焼き台の煙越しに、シロクマ大福の福々しい顔を見上げた。

「わたし、社長から、篠井早菜さんのスカウトを任されちゃったよ」

ここはタレント仲間のシロクマ大福がアルバイトをしているため、伏木プロダクションの関係者がよくやって来る。カウンターの真ん中からやや右寄り。大福が担当している焼き台の真ん前に陣取って、わきあいあいと仕事の話をするのである。

「おれも先月、そんな羽目におちいったけど、結局は先方の都合で実現しなかったよ」

焼きトンの串を裏返しながら、大福は答えた。

「つくねちょうだい」

占い師の仕事では黒ずくめのクロエだが、職場のファッションビルから一歩外に出ると、とたんに鮮やかな色の服を着る。今夜のスタイルは、黄色と紫のボーダー柄のポロシャツに、真紅のキュロット。どう見ても悪趣味なのに、クロエは不思議と可愛らしく着こなしていた。ただし仕事帰りの、お笑い芸人に見えなくもない。

当人いわく、黒はすべての運を流す色だから、占いのお客が持ち込んでくる幸運も悪運も、その場で流し落とすために黒い服を着るのだそうだ。反面、一日黒ずくめで居ると自分の運もうすれるので、埋め合わせにいろんな色を身に着けるのだとか。

「クロエって、根っからスピリチュアルな人だよね」

「そんなことないよ」

服装も考え方も、日常生活の一部にすぎないとクロエは云った。

「わたしのポリシーは、ともかく。篠井さん本人にそれとなく話しかけてみたんだけどね」

「うちの事務所で超能力芸人やりませんかって訊いたの？」

「いや、さすがにねえ。いきなりそれじゃあ怪しい人だから、とりあえず『こんにちは』って。——そしたら、逆に相談を受けちゃった」

クロエが同じフロアに占いのテントを出していることを、早菜は知っていたらしい。内藤社長の交通事故を予言したことで、当人はひどく動揺していた。こんにちは、というひとことで、早菜は今にも泣きだしそうな顔になった。

——オモチャの電話が鳴るんです。中身が空っぽのはずなのに、着信音がするんです。受話器を持ち上げてみると、気味の悪い声がするんです。

『どーこ』

鳴るはずのないオモチャの中から、そんな声が聞こえるのだと早菜は云い張った。

早菜がはじめてその奇妙な声を聞いたのは、ある家にオモチャを配達したときのことだ。

「内藤社長がうちの社長に相談した超能力——未来予知ができるようになっちゃったのも、その配達のすぐ後かららしいのよ」

「オモチャの電話が鳴って声がするわけ？」

「うん、そうなんだって」

「それって怪奇現象じゃないの？」

大福が丸い頬をこわばらせると、クロエは「そうよねえ」と云って、つくねを頬張る。

「やだよ、クロエ。おれ、そういうの、かなり苦手なの。夜中にトイレに行くときとか思い出すと、ドアの木目が死んだ祖母《ばあ》ちゃんの顔に見えたりして――」

「トイレのドアじゃ、お祖母ちゃん、可哀想すぎ」

クロエは爆笑する。

「大福って、イタコのものまねとかするじゃん。だから、オカルト関係が得意なんだって思ってた」

「イタコおろしというのは、津軽の伝統的なお笑い芸なんですよ」

「へえ、そう」

クロエは厨房に居る四郎さんに、「大将、ポテトサラダくださーい」と明るい声を張り上げた。四郎さんは、大福の叔父の友だちの奥さんの従兄で、丸太の店長である。

「ああ、トイレといえばねえ。篠井さん、トイレが燃えるイメージが見えるんだって。トイレというより、便器が、めらめら燃えているんだって」

「それも、予知かな？」

「内藤社長の交通事故と同じように見えたっていうから、そうなんだろうね」

クロエはカウンター越しにポテトサラダを受け取って、にっこり笑う。

「ともかくね、篠井さんが泣き顔でいるうちは、社長の云う超能力ショーどころじゃないと思うのよ。だから大福も、篠井さんの悪霊祓いに協力してよ」

「悪霊祓い⁉」

大福は串を落としかけ、慌てて受け止めて「熱《あっ》ち、熱ち」と飛び上がった。

4

海の森公園の公衆トイレに、痴漢が出る。

そのことを注意喚起に来た若い警官は、伏木プロダクションの玄関口で「う、わ」と云ったなり絶句した。

応対に出たのが、女装の麗人ソフィアちゃんだったのである。

一八〇センチを超える背丈で、今日のソフィアちゃんは純白に空色の裾模様が鮮やかなサマードレスを着ている。筋骨隆々とまではいかないが、むき出しの肩についた筋肉は女性とは明らかに違っている。顔立ちも整っているが、やはり女性には見えない。

「暑い中、パトロールご苦労さんです」

「は――はい」

警官は自分より上背のあるこの美しい人間を、男とみるべきか女とみるべきか、見惚《みと》れるべきかたまげるべきか、悩みながら帰って行った。

「社長、聞きました？　公園のトイレに痴漢が出るって。事務所のトイレがまだ直ってなかったら、いちいち痴漢を気にしながら用を足さなきゃならなかったですよ」

「あんたは男だから大丈夫でしょう」

伏木貴子社長は、扇子でのどもとをあおぎながら云った。

「それは、そうです」

ソフィアちゃんは、煮詰まったコーヒーに氷をどぶどぶ入れてアイスコーヒーを作ると、一口飲んで顔をしかめた。

「ところで、ぼくももう三十歳なので、芸名をソフィアちゃんからソフィアさんにしようと思うのですが」

「どっちでも変わらないじゃない」

社長はソフィアちゃんが注ぎ残したアイスコーヒーを、自分のマグカップに入れて美味そうに飲んだ。

「来週、クロエがアルバイトしているファッションビルでイベントがあるんだけど。あんたにも、出てもらうから」

女装の麗人は、中高生から中高年女性にまで、幅広い人気があるのだ。

「スピカですか？　あそこの客ったら、しょんべんくさい小娘ばっかりですよね」

「仕事を選ぶなんて、十年早い」

「ああ、ぼくはこういう女性が好みなんです」

ソフィアちゃんが指さしたのは、夕刊の一面半分に掲載されている写真つきの記事だった。

ソフィアちゃんと同年代の、落ち着いた美女の笑顔が大写しになっている。

「あら」

社長が身を乗り出した。

写真の主は、先日、商工会議所のロビーで見た雪田宝飾の社長夫人だったのである。その折、内藤正樹からちらりと聞いた展示会と商談会のことが記事になっていた。

「この人、このあいだ見たわよ」

自分だって元は女優の身ながら、社長はミーハーにはしゃいだ。

＊

スピカの六階にあるクロエのテントに、中年女性が訪れた。

スピカはティーンズ向けのファッションビルだが、六階にあるオモチャのナイトーとクロエの占いショップにだけは、老若男女の区別なくさまざまなお客が来る。

「あの——ごめんくださいませ」

近視らしい大きな目が、メガネの奥で落ち着きなく揺れていた。

ニットのカーディガンに、ふくらはぎのあたりまで隠すスカートと、ウグイス色のウォーキングシューズ。われこそは、人畜無害なおばさんでございます。女性客は、全身でそんなことを主張しているように見えた。

「あの、わたしのような年齢の者でも、みていただけますでしょうか？」

おどおどしている。四十がらみに見えるが、肌のつやを見れば、もっと若いのかも知れない。年配を自己申告するのは、ただの性分だろうか、あるいは気苦労と処世術の産物か。

「もちろんです。どうぞ、お入りください」

女性客は「石堂静子」と名乗ってから、生年月日を告げた。やはり見た目ほどの年齢ではなかった。

「わたしは市内で編み物教室を開いております。今日は、弟のことで相談に来ました」

石堂静子は、実に不幸そうな顔つきをしていた。

「親戚にも友だちにも教室の生徒にも話しあぐねまして、このままでは胸が破裂しそうなんです。いっそ警察に行こうとまで思いましたが、弟は警察の厄介になるまでのことはしていないと思うのです」

まだ、今のところは。

石堂静子は、絶望的な調子でそう付け足した。

クロエは占いのカードに左手を置いたままで、まだ開こうとしない。

石堂はカードのほうを見ることもせずに、ただ話し続けた。

「弟はよく仕事を替えていましたが、今は無職で就職する気配もありません。結婚は二回しましたが、どちらも失敗しました」

弟は美男なのです。わたしとは似ていなくてと、石堂静子は暗い笑顔で付け足した。

「今は恋愛にも仕事にも興味をなくしたようで、世間さまで云うニートみたいなものです。わたしのような年の者の言葉では、ヒモと云ったほうがしっくりしますね。弟は——亮《りょう》は、姉であるわたしのヒモみたいにして暮らしているのです」

石堂静子は手を組んで、短い指をもむようなしぐさをした。

「編み物を教えてますもので、なにか編んでいないと落ち着きませんで」

弁解するように云うので、クロエは「なるほど、そうでしょう」と、うなずいてみせる。

石堂静子はいくらか安心したように、手をひざの上に置き、それでもすぐにまた指をもみ始めた。

「弟は昔から、悪い意味で変わった子でした。そとで一人遊びをしている子どもをデパートに連れて行き、途中で放り出して一人で帰って来てしまったことがあります。当人の云うには、子どもが退屈そうだったので、デパートに連れて行ってやった。自分は帰りたくなったから、一人で帰って来た。——そう云うんです」

「…………」

クロエは、自分の黒い提灯袖《ちょうちんそで》に目を落とす。

石堂静子の話はまだ続いた。

「あの子、子どものころ、盆踊りの輪に爆竹を投げて、皆を驚かせたことがあります。猫の死体を拾ってきて、うちの庭に放置していたこともありました。祭りで騒ぎたいなら、もっと騒がせてあげよう。死んだ猫はどこにいたってカラスに食われるんだから。——それが弟の云い分でした」

そこまでが、前置きだったらしい。

「亮は時折ふらりと外出して、なにをしているものやら一泊してもどって来ます。もう大人なんですから、一晩くらい家を空けたからといって騒ぐのは過保護めいて聞こえるでしょうが、あんな子のことですから、おかしなことでもしていないか、気になって仕方ないんです」

「石堂さん。ご相談の内容は、占い師の手には余ります。弟さんを連れてカウンセリングに行くべきです」

クロエはきっぱりと云ったが、石堂静子は聞こえていないように同じ調子で続けた。

「二度の結婚とは別ですが、弟は高校生のときに年上の女性と恋愛をして、あろうことか妊娠までさせてしまいました。相手の女性は婚約者の居る方で、あのときは、それはもう本当に驚いてしまいました。気付いたときには、もうどうしようもなくて——」

どうしようもないとは、二人の恋愛感情のことではなく、中絶のタイミングを逸したという意味らしい。クロエは狭いテントの中に、暗い運気がたまっていくのを感じた。

「わたしは、必死で養子先を探しました。それは、もう必死だったんです。先さまの親御さんはカンカンで、弟を訴えるとか娘を勘当するとか、ちっとも力になってくれません。弟なんかは例の調子で、まるで他人《ひと》ごとみたいにしているし——」

「お相手の方、婚約者にはバレなかったんですか？　出産まで何ヵ月も会わないというわけにもいかないでしょう」

クロエは思わず訊いた。

「それが、都合が良いんだか悪いんだか、旦那さまになった方、当時は海外に長期出張中だったんです。でも、その出張さえなければ、うちの弟と間違いを起こすこともなかったんですけどね。親御さんも本当のところは、先方にバレないようにと相当に神経を使ったようですよ。肝心の赤ん坊のことは、わたしに任せっきりでしたけど」

石堂静子は頰を伝う汗を、ガーゼのハンカチで繰り返し拭く。それからしばらく当時の孤軍奮闘ぶりを話した後、赤ん坊の落ち着く先を見つけたのだと云った。

「わたしの編み物教室に、子どものない人が居まして。結局のところ、その方にもらっていただきました。赤ん坊を持つにはとうが立った夫婦でしたけど、望まれて落ち着く先が見つかったので、赤ん坊のためにもなると思いました」

石堂静子ははじめて顔を上げた。

「弟が近ごろ、子どものことを話すようになったんですよ」

――あの子をよそにやらなかったら、おれももうちょっとはマシだったかなあ。

――一緒にいたら、もう五歳になってるんだな。

最初のうちは、子どもを養子にやった姉に向かって、自分の現状を責任転嫁しようとしているのだと思い、聞こえないふりをしてきた。しかし、繰り返し聞くうちに、弟の気持ちが真っ正直に子どもに向いているのだと感じるようになったという。

「一度だけでも、わが子の姿を見せてやれば、弟も心を入れ替えると思うんです」

「それは、ちょっと楽観的というか——飛躍しすぎでは？」

クロエは思わず口をはさんだ。

「とんでもない。わたしの弟のことなんですから、わたしが一番よく判っています」

結局のところ、石堂静子はクロエの意見を聞きに来たのではなく、胸の内を打ち明けたかっただけのようだ。弟への憤懣《ふんまん》をぶちまけ、思い立った解決法を口にして、石堂静子はずいぶんと気持ちが落ち着いたようだった。

「まずは先方にうかがって日取りを決めたいと思うんですが、吉日と云うのかしら、そうしたことを占っていただけないでしょうか」

石堂は、自分の姓名と生年月日を記した紙の余白に、弟の子の養子先だという家の住所を書き始めた。ひとたび決めれば後に引かない強引さは、彼女の性格の一端でもあるのだろう。

（要するに、人の云うこと聞かないんだね）

クロエのカード占いには、日付や方角の吉凶をみるというスキルがない。

断わろうとしたのだが、石堂静子が差し出した先方の住所を見て態度を変えた。クロエは自分の手帳を開いて、石堂が記した住所と見比べる。

（どういうこと？）

それは、篠井早菜がオモチャを配達したという赤い蔦の家だったのである。

(どういうこと?)

クロエは、もう一度同じつぶやきを胸に念じた。

早菜が予知能力を持ったのは、赤い蔦の家にオモチャを配達した直後からだ。

今こうして、同じ家を訪ねようとする客が相談に来た。

偶然なのか。

それとも、だれかに仕組まれているのではないか。

早菜がしきりに感じていたという悪寒が、突然にクロエの手の先から腕へと駆けのぼった。

(どうしようかな)

クロエはこうして占いの店を出しているが、いたずらに超常現象を真に受けるタイプではない。しかし、かなりヤバいと判っている場所に、お客を一人で向かわせることには、伏木プロダクション仕込みのおせっかい体質が邪魔をした。

「判りました。わたしがご一緒して、吉凶をこの目で確かめましょう」

「は?」

クロエが突然立ち上がったので、石堂静子は驚いた顔をする。

「弟さんと同行する前に、ご挨拶にうかがったほうがよくないですか? さあ、善は急げですよ」

商売道具のカードを紫色のスカーフに包んでひきだしにしまう。日傘と小さなバッグをつかむと、クロエは先に立ってエスカレーターに向かった。

＊

石堂静子が手土産《てみやげ》を買うと云って洋菓子店に寄り道する間、クロエは日傘の下でむっつりと口を結んでいた。

（この場合、罠《わな》にはまったのはわたしかも知れないね）

篠井早菜は、赤い蔦の家へ配達に行ってから、奇妙な体験をするようになった。

クロエは早菜から相談を受け、今日はまた別の客の相談に乗って、赤い蔦の家に向かおうとしている。

（これって、きっと、呼ばれている）

普段どおりの日常が続いているように見えて、そのどこかが赤い蔦の家につながりだしているような気がした。

洋菓子店の自動扉から出て来る石堂静子に笑顔をつくってみせ、クロエは片手を上げてタクシーを止める。シートに乗り込むと、石堂静子がそそくさと行き先の住所を告げた。

タクシーはカーナビのとおりに近道をして、問題の家へとたどりついた。

そこは古い住宅街で、広い道路が縦横に規則正しく通っていた。

一軒一軒の家はどれも立派ではあるものの、新しくはない。

目指す田沢暢男宅は、例外的に貧弱な造りだが、古ぼけているという点では、周囲の家並みに溶け込んでいた。ただし、両隣が空き地であることと、外壁一面に伸びた赤い蔦が目を引く。

「あらまあ、蔦がみごとだこと」

タクシーから降りしな、石堂静子はそんなことを云った。

(みごとってより、不気味でしょ)

クロエの目には、篠井早菜の感想と同じく、家を捕えて張り巡らされた血管のように見えてならない。広い通りを抜けて空き地から空き地へと風が吹くのだが、そのたびに赤い葉が揺れるのは、まるで家自体が脈を打ってでもいるようだ。

玄関の呼び鈴は、インターフォンではなく古いタイプのものだった。

石堂静子がそれを押すのを後ろで見ていたが、玄関は一向に開かなかった。

表札の田沢暢男、美枝子という名前を、石堂静子はすがるように見上げる。

「留守かしら——留守だわね——。おかしいわ、電話で来るって伝えておいたのに」

クロエの返事を待つでもなく、石堂静子は筋向かいの家から出て来た若い主婦をつかまえる。ベビーカーの中の赤ん坊をほめてから、田沢家の子どもについて訊き始めた。

お向かいの田沢さんの子、お元気かしら。

男の子だったのよね。

「はあ？」

問われた主婦は、訝《いぶか》しげな目で石堂とクロエを見ていたが、石堂の人畜無害なおばさんぶりが功を奏したらしい。しぶしぶといった顔つきで、口を開く。

「田沢さんはあまり近所付き合いをしないので、家庭の中のことまで判りません。この辺りの人は、あまり干渉し合わないから」

「でも、お子さんが元気かどうかは判るわよね？」

食い下がる石堂静子に向かって、若い主婦は「さあ」と首を傾げた。

「あそこのおたく、子どもなんて居ないんじゃないですか」

「え？」

石堂が驚いた隙に、若い主婦はベビーカーを押して足速に遠ざかってしまう。

追いすがるように見やる先、視界のはしで、田沢家のカーテンがすうっと閉まるのが見えた。

「やっぱり、居るんだわ。居留守を使っていたなんて――」

田沢家にとって返そうとする石堂静子の腕を、クロエは慌ててつかんだ。

はずみで落ちた洋菓子の箱から、壊滅的な音がする。

「さっきの若い人、田沢さんには子どもが居ないって――だったら、弟の子はどこに居るんです？　もしかして、人身売買とか――」

「待ってください」

クロエは熱い地面に落ちた洋菓子の箱を拾い上げて、おそらくこの箱の中身と似たような具合になっている石堂静子の気持ちに同情した。

「犯罪なんてものは、その人の想像力の範囲内で行われるものです。普通の市民が人身売買なんてしませんよ」

「だったら、弟の子はあの家に居るはずですよね。一目でも見なければ、このまま帰れるものじゃありません」

「待ってください――待ってくださいってば」

一見おとなしそうな石堂は、実際にはすぐに沸騰するタイプらしい。

クロエは洋菓子の箱を再び放り出して、両手で石堂の腕を引っ張った。

「石堂さんこそ、五年もほったらかしといて、今さら血相変えるのもおかしいじゃありませんか。あの家になにがあろうと、わたしが調べてご報告しますから」

「本当に？」

度のきついメガネの奥で、丸い目がクロエを見つめ返してくる。

クロエはヤケ半分、どうせ逃げられないという予感半分に、うなずいた。

＊

クロエが石堂静子とともに赤い蔦の家に向かったころ、シロクマ大福はスピカの六階にあるオモチャのナイトーに来ていた。

身長一六五センチ。胴長で頭でっかちで、もち肌。

幼児をそのまま拡大したような大福は、オモチャ屋という空間が似合っている。

しかし、今日の大福は少しばかり、目つきが鋭かった。

社長が超能力タレントとしてスカウトしたがっている、篠井早菜の様子を見に来たということもある。それよりも、当人もまごついているという超常現象について、直接に話を聞こうと思っていた。

エスカレーターを上がりきり、クロエのテントのある通路にそって歩いて行くと、目的のオモチャ屋がある。ウィークデーの昼下がり、客足はまばらだ。数歩あるいてはキャンキャン鳴く犬のぬいぐるみの声が、静かなフロアにしんみりと響き渡っていた。

「いらっしゃいませ。ごゆっくり、ごらんくださいませ」

並んだスノードームをひとつずつ揺らしていたら、レジの店員が犬のぬいぐるみ同様、決められた挨拶をよこした。可愛いけれど、目が暗い。おそらく篠井早菜当人だろう。そう思って、レジに向かおうとしたら、電話が鳴った。

なあなめ掛けにしたメッセンジャーバッグに手を伸ばそうとして、しかし大福はその手を途中で止めた。

鳴っていた電話は、大福の携帯電話ではない。

かたわらの棚に置かれた、オモチャの電話が鳴っているのだ。

とっさにレジのほうを見ると、篠井早菜の凍り付くような視線が、まっすぐにこちらを向いていた。カチコチに凍って、少しでも衝撃を与えたら早菜本人がこなごなになってしまいそうだ。

RING、RING、RING、RING、RING、RING——。

大福は立ち止まると、ちんまりした鼻から「すうっ」と息を吸い込んで、オレンジ色の受話器を持ち上げた。プラスチック製で中身が空洞になっている受話器は、見た目のままに軽い。けれども、そこから声が聞こえてきたのである。

——どーこ。

大福は、息を呑んだ。

声からは年齢も性別も判らない。そうかといって、ボイスチェンジャーを使った無機質な響きとも違っていた。そもそも人間の口から出た声なのか、それすらも聞き分けられないのに、やけに胸に迫ってくる。

——どーこ、どーこ……。

大福は小さな受話器の中に吸い込まれていきそうな錯覚におちいり、無理にも耳から遠ざけた。それを電話機の上に置くと、ぷっくりとした両手に抱えてレジまで持って行く。

「これ、ください」

カウンターをはさんでこちらを見つめてくる女性店員の胸には、大福が思ったとおり「篠井」と書かれたネームプレートがあった。

「あの——いいんですか？」

「え、ええ」

つかの間ためらったのは、不気味な電話を買うことよりも、財布の中身が心細かったせいである。大福の所持金と早菜の狼狽ぶりは、見ていて同じほど哀れだ。

「あの、おれ、クロエの知り合いで、シロクマ大福というものなんですが」

大福はクロエのテントのある辺りを指してから、名乗りをあげた。

「存じてます。銀杏銀座のものまねステージ観てましたから」

「え、本当？　マジで？」

思わず浮かれかけた大福だが、慌ててかぶりを振る。

「すみません、話はクロエから聞いてます。もしか、内緒だったのなら、すみません」

「いえ、信じてくれる人が居るのは、心強いです」

電話のオモチャをラッピングしようとする手つきは、少しも心強そうではなかった。

大福はキューピー人形に似た両手をパッ、パッと広げて、早菜の作業を止めた。

「簡単に袋に入れるだけでいいです」

「これ、どうするんですか？」

「声、聞いちゃいましたからね。――調べてみないわけに、いかないでしょ」

「…………」

早菜は血の気のなくなったくちびるをキュッと噛んで、「聞いちゃいましたか」と云った。

「それじゃあ、このオモチャの代金はわたしが払わなきゃ……」

「いえいえ、お気遣いなく。おれが勝手に調べるんですから」

心の声と正反対の強がりを云って、大福は丸い顔でにっこりしてみせた。

「篠井さんの超能力、その後はどんな具合ですか？」

それこそ伏木社長の知りたかったことだろうが、こんなに思いつめた人が超能力タレントになどなるはずがないと大福は思っている。

「便器が燃えているんです」

「は？」

そういえば、クロエからも聞いていたように思う。大福は先を促すように、アニメみたいなつぶらなまなこをパチクリさせた。

「真っ暗な中で便器が燃えているイメージが、胸にこみ上げてくるんです。なんて云ったらいいんでしょう、映像付きの胸騒ぎって感じ」

「云っている意味は、なんとなく判ります」

他にも、客が財布から落とした五百円玉の在り処や、取引先の担当者が盲腸で入院することなど、店のスタッフには重宝がられることを云い当てているらしい。

「だけど、話が広まると、ヤバくないですか？」

「うわさになったりするのはいやなんですけど、知らないふりもできなくて――」

やはりよしたほうがいいと思いつつ、赤い蔦の家にもついつい足が向いてしまうのだと、早菜は云った。

*

紙袋に入れてもらったオモチャの電話機を持って、大福は海の森公園のベンチに座った。

「………」

改めて受話器を耳に当ててみるが、今度はなんの声もしない。

通りすがりの親子連れが、奇異の目でこちらを見るので、大福は慌てて受話器をひざの上に置いた。

（では――）

ななめ掛けにしたメッセンジャーバッグからマイナスドライバーを取り出すと、買ったばかりのオモチャの電話機をおもむろに分解し始める。

屋台のアイス屋がギョッとしたような目でこちらを見たが、大福はこの怪しげな作業に没頭していた。

えものはネジで止めるものではなく、おもに部品と部品がはめ込まれた仕組みになっていたから、ドライバーは役に立たなかった。いっそかなづちで叩いてしまったほうが早かろうと思い、かなづちがないので石を拾って叩いてみる。

結局のところ、オレンジ色のプラスチックの破片と化したオモチャの電話からは、音が出るための仕掛けは見つからなかった。

(思ったとおりというか——どうなってるんだろうなあ、これって)

オモチャの残骸を紙袋にもどし、屋台のアイスでも買おうと立ち上がると、アイス屋はそそくさと屋台を引いて行ってしまった。

5

その夜の田沢暢男は一滴の酒も飲んでいないのに、酩酊寸前まで意識が飛んでいた。

近ごろ、たびたびこんな感覚に襲われる。

それが、えも云われず、面白く心地好いのだ。

ありえない異常なことにもかかわらず、田沢はおかしいとさえ思わなかった。赤い蔦の家のあるじもまた、やはりなにかにコントロールされていたのだろう。

(グッチャグチャだな)

胸の内でそう唱えて、田沢は「クスッ」と笑う。

家の中も会社もグッチャグチャだが、立て直そうと悪あがきするのをやめた。とたんに気持ちが楽になった。職場の皆がよこす白眼視、不愛想で反抗的な女房。すべて、オッケー、オッケー、オッケーだ！

背広の背中には、甲虫《こうちゅう》みたいな形の汗ジミが広がっている。

顔や首すじからは異常なほど汗が流れているが、宵闇を通せば、ただの酔っ払いにしか見えなかった。ちょっと羽目を外したサラリーマンが、帰り道を間違って公園に入って行く。田沢の後ろ姿は、家路を急ぐ人たちの目には、そんな具合に映った。

田沢は女を追いかけていた。

ふわふわした白い洋服の女だ。

最近、家にオモチャを配達に来た女によく似ている。しかし、オモチャ屋のお仕着せを着ていたときとは段違いだ。

女はこれだから怖い。

田沢はそう思ってクスクスと笑ったが、同時に腹の底から怒りがこみ上げてくる。

(女はずるい——女は卑怯だ)

田沢の部署に異動になった女子社員が、彼と一緒に残業のあるときだけミニスカートをはいてくるのだ。

細い体に不釣合いなほどオッパイがでかくて、ウエストがキュウッと締まっている。後ろから見たら、抱き付きたくなるような女だ。顔はちょっと不細工だが、そんなことはだんだん気にならなくなった。

だって、お茶を運んで来るときも、いちいち田沢の名を呼んでくれるのだ。なにより、一緒に残業するときは決まってミニスカートをはくのだから。誘っていやがる。

田沢はピンときた。

だから、ひんぱんに可愛いと云ってやった。食事にも誘ってやった。飲みにも連れて行った。ホテルに誘ったのは……ほんのリップサービスだった。ほんの冗談だったのだ。

それなのに、あの女は冗談も通じない非常識な人間だった。

あの女は田沢の言動をセクハラだと騒ぎ、社長に訴えた。

こともあろうに、あの女は社長の孫娘だったのだ。コネ入社のご令嬢だ。

おかげで、こちらはクビになりかけた。

不細工な女を可愛いと思ってやったのに。

ホテルに誘ったのも、ちょっとしたお世辞だったのに。

女というのは、本当にずるくて勝手だ。

婚約者が居るのに浮気して子どもを産み、邪魔なその子を捨てた女——あれは、会社のブスに比べたらずっと美人だった。オモチャを配達に来た女に似ていた。

オモチャはもう要らないけど、配達に来たあの女が気の毒だから受け取ってやった。

女房は依怙地《いこじ》な性格だし、放っておいたら追い返していただろう。そんなことしたら、あの女も困っただろうから、助けてやったのだ。それなのに、ちょっと手にさわっただけで、人を痴漢みたいな目で見やがった。

(子どもじゃあるまいし)

せっかく受け取ってやったのに、オモチャなんてもうなんの役にも立たない。

あの赤ん坊は被害者だった。

おれも、被害者だ。

悪いのは、女だ。

女房はおれを浮気性だと云うけど、浮気ではなくて心が広いんだ。おれほど心の広い人間は居ないはずだ。オモチャ屋の女だって、おれがオモチャを受け取ってやらなければ、店に帰って怒られたに違いない。おれが助けてやったのに。

(目の前を歩いているあの女、オモチャ屋の女にそっくりだ——いや、本人だろう)

ちょっと不幸を背負った感じの、あの細い背中が、好みだ！　好みだ！

いつもはのぞくだけだが、今日はちょっと可愛がってやろうかな。

田沢は海の森公園の北のはずれ、街路から死角になっているいつものポジション――公衆トイレに向かっていた。目当ての女は、幸運にもこちらの狙いどおりにトイレのあるほうにまっすぐに歩いて行く。

女を追って女子トイレに入った。

（いつものとおりだ、いつものとおり）

今日は気分が最高潮に盛り上がっているから、ちょっとばかり羽目を外すつもりだった。

最初は抵抗するだろうが、すぐに云いなりになるだろう。女なんて淫乱な生き物だから、いつだって男を待っているのだ。おれを待っているのだ。すぐに、あの白いひらひらした服を脱がせてやる。どちらかというとオモチャ屋の制服のほうが好みだが、脱がせてしまえば一緒だ。

ほら、ほら、おまえの服を脱がせに来てやったぞ。

田沢は喜色満面で、個室のドアを開ける。

けれど、そこには天井の明かりに白く照らされた便器があるきりだ。

（――――？）

背後で高い音をたて、個室のドアが閉まった。

田沢は酒に酔っているような気分がいっぺんに消し飛び、しかし自分の居る今の状況が理解できず、茫然とした。田沢が入り込んだ個室のドアは、外から押さえられているようで、ビクとも動かない。手が痛くなるほど叩いた後で、上を見上げた。

ひらり、ひらりと、白い袖が天井近くを舞う。

同じ瞬間、鼻をつくにおいがした。

雨が降って、田沢の体を濡らす。

けれど、トイレの建物には屋根がかかっているから、雨など降り込むはずはないのに。

田沢は、においの正体がこの雨だと気付くと同時に、これが雨ではなく度の強いアルコールなのだと気付いた。

投げ込まれたマッチの燃えさしが、田沢の濡れた背広について燃え上がる。

「――――――！　――――――！」

田沢は悲鳴を上げた。

いつも、ここで田沢にのぞかれる女たちのような、甲高い悲鳴だ。

彼の耳は自分の悲鳴と、遠ざかってゆくヒールの音を聞いた。

白い便器が燃え、田沢を取り込み炎の塊となって個室の壁を焼いた。

*

——伏木社長、篠井さんを助けて！　ぼくを助けて！

オモチャのナイトーの若社長から泣くような声で電話が入ったとき、伏木プロダクションの事務所では、伏木貴子社長とシロクマ大福、そしてクロエの三人は、青い森日日新聞を読んでいた。

新聞は、昨夜の公園の放火事件を報じていた。

その内容は内藤正樹の狼狽とシンクロしていたので、伏木社長は半泣きの相手から、ことの次第を聞き出す手間が省けた。

記事によると、昨夜、海の森公園の公衆トイレで火事騒ぎがあり、トイレの中に居た男がヤケドを負った。

その男は、他ならぬ赤い蔦の家のあるじ・田沢暢男だった。

田沢は、なぜか女子トイレの個室に入っていたところを狙われ、アルコールで火を点けられたらしい。

トイレのドアは掃除用のモップでつっかい棒をされて、田沢は逃げるに逃げられなかったのだが、パトロール中の警官が近くに居たために助かった。

——ヤケドを負った男が、なぜか篠井さんが犯人だと云いだしたんですよ！

田沢暢男は、犯人の姿をはっきり見たと云い、それは以前に配達に来たことのあるオモチャのナイトーの女性社員であると証言した。

犯人は篠井早菜だと断言したのである。

早菜には事件当時のアリバイがなく、オモチャを配達した後もたびたび田沢家付近で目撃されていたことから、重要な容疑者として警察に連行されてしまったという。

「警察が容疑者を勾留できるのは、確か四十八時間だったわよね」

社長は刑事ドラマで覚えた知識を、あたかも専門家らしく云った。

「あのね、マァくん。今いちばん慌てているのは、あなたよりも篠井さんよりも、真犯人だと思うわよ」

——ど……どういうことですか？

「犯人は狙った相手を仕留められなかった。自分の身代わりに、無実の篠井さんが連行されてしまった。犯人は篠井さんに罪を着せようとは思っていないし、田沢暢男をまだ狙っているとしたら、どう？　篠井さんの勾留中に田沢暢男を仕留められたら、この二つの問題は解決するでしょう？」

だから、ここは伏木プロダクションならではの企画に任せてみなさいと、社長は胸を張った。

——え……ええと。

電話の向こうの内藤正樹には、その姿は見えなかったものの、伏木社長の自信満々な声に力づけられた。

——つまり。四十八時間したら、篠井さんは証拠不十分とかで釈放されるということですね。

「全然違うわよ。ともかく、こっちは忙しいんだから、切るわよ」

強引に受話器を置いた社長は、大福とクロエに向き直った。まるで全国規模の歌謡ショーでも請け負ったような、やる気に満ちた顔で二人の間に視線をめぐらせる。

「ということで、ここはあんたたちの腕しだいだからね」

社長は事務所の片すみ、物置にしている一角から古くさい衣装を持ち出した。

こういうときは、逆らってみても始まらないことは、大福もクロエも経験的に承知している。おとなしく待つ二人を見て、社長はこれからすることを早口で指図した。

「篠井さんの勾留期間中に、犯人が動くだろうことは判りました。だけど、おれたちの仕事と、犯人が現れるタイミングが合うとは限らないんじゃないですか？」

「その心配は要らないわ。わたしたちはね、皆、操られているんだから」

パールピンクのグロスを塗った唇が、ほうれい線に食い込んで「くふふ」と笑う。

大福の脳裡《のうり》に、オモチャのナイトーで聞いた「どーこ」という声が、暗く低くよみがえった。

＊

白い狩衣《かりぎぬ》に袴《はかま》、烏帽子《えぼし》をかぶって笏《しゃく》を胸の高さに構えたシロクマ大福の姿は、怪しさをはるかに通り越し、どこかしら霊験あらたかに見えなくもなかった。

付き従うクロエが巫女《みこ》の装束でも着けていればまだ整合性がとれるというものだが、こちらは占いのテントに居るときと同じ黒いワンピースである。サンタクロースのような白い大きな袋に入れたものを小脇に抱え、それが重たいのか、時折右に左にと、持ち替えていた。

「この家には、悪い霊が憑《つ》いています。もはや一刻の猶予もない、ただちに除霊を行わねばなりません」

田沢家の玄関で呼び鈴を鳴らし、わずかに開いたドアから二人は家の中に押し入った。

「ちょ――ちょっと、なんなんですか、あんたたち」

田沢美枝子の、ひっくり返った声が追いかけてきた。

途中から、包帯だらけの田沢暢男が加わって「出て行け」やら「警察を呼ぶぞ」やらと、大変な権幕でまくしたてる。

大福たちは聞く耳を持たない。

勝手にこの家のスリッパをはいて、ぱたぱたと足を進めた。

「急急如律令！　きゅうきゅうにょりつりょう！」

大福は社長がインターネットで調べた陰陽師《おんみょうじ》らしい呪文を唱え、つぶらな瞳を「カッ！」と見開いて田沢夫婦を威嚇する。

すかさずクロエは、白い袋に入れて抱えた荷物を、「カッ！」と気合いを入れて右から左へ、左から右へと持ち替えた。

二人はこうして、いかにも怪しい霊能者を装っているが、そのあるかなしかの霊感をもってさえ、この家の中に漂うただならぬ気配を感じ取ることができた。

『……ーこ、どーこ、どーこ、どーこ、ど……』

広くもない家の一番奥まった部屋で、縁側からの陽ざしを受けてぎらぎらと光る極彩色の輪が回っていた。

その真下に、赤ん坊ほどの大きさのものが、両手両足を投げ出して座っている。

それは全身が毛むくじゃらで、口が切れ上がり、白目のない暗褐色のひとみが油膜を張ったように鈍く光っていた。

『どーこ、どーこ』

さっきから聞こえていた声は、耳を聾《ろう》するばかりに強くなる。

おかげで、その場に居る者の気配までが、かき消されてしまった。

その場に居る者——大福とクロエ、この部屋で二人に追いついた田沢夫妻。

それに加えて、もう一人、開け放たれた縁側から上がり込んだ者が居る。大福たちの大仰な登場に隠れるようにして、その人物は、庭をぐるりと回って家に侵入していたのだ。

線香に似た強いかおりが、吹き込む風に乗って部屋に充満した。

「あ」

田沢夫妻とクロエが、同時に短く叫ぶ。

「瑞恵さん、あんた、なんで」

田沢家に忍び込んで来たのは、雪田宝飾の社長夫人、雪田瑞恵だった。

オモチャのナイトーに頼んで、篠井早菜に両手いっぱいのオモチャを届けさせた当人である。

「瑞恵さん、なんで、今さら出て来るのさ」

とがめるように云う妻とは反対に、田沢暢男は驚いた姿勢のまま、その場から動けなくなった。

白いドレープのカーディガンを着た雪田瑞恵は、陽光の射す庭を背にして、影法師のようにその場に立ちはだかっていた。

「今度こそ逃がさないわ」

袖に隠し持っていたボトルから、強いアルコールが撒かれ、火のついたマッチが追う。

それが火焔のアーチになって田沢夫妻を襲うより前に、大福は飛びかかるようにして、二人を火とは反対方向に避難させた。

同時に、クロエは手にした袋から消火器を取り出すと、炎に向かって粉末を噴射させる。

たちまちのうちに、白煙に呑まれた五人は、炎が消えるのと同時に縁側から庭へと転がり出た。

『どーこ、どーこ？』

幻の声が、五人の大人の耳に等しく聞こえた。

腰を抜かした田沢夫妻をよそに、雪田瑞恵は消火剤で真っ白になってしまった部屋にもどる。

ぎらぎらと光って回っていたのは赤ん坊をあやすオルゴールメリーで、その下で両手両足を投げ出して座っているのは、雪田瑞恵がこの家に届けさせたテディベアだった。

「ここにいますよ。おかあさんは、ここにいますよ」

泣き声で云う雪田瑞恵は、焼け焦げた畳の上に座り込み、テディベアを抱え上げた。

＊

ファッションビル・スピカの一階ステージで、シロクマ大福は器用にカブト虫のものまねをしていた。先月、老人ホームの慰問で披露したときに比べると、芸が上達したのか客層に合っているのか、なかなかの好評ぶりだ。エア・クワガタとの格闘など、満場の爆笑をさらった。

引き続き、専用の大きなトランプを抱えて登場したクロエが、客席と対話をしながら次々とマジックを展開してゆく。六階の占いテントに居るときとは違い、色鮮やかな衣装を着けて、軽妙な話術とともに進むステージは、舞台袖で見ていても小気味好い。

吹き抜けの二階から下げられたバレエの衣装が、ステージの照明を受けてきらきらと光っていた。その衣装と同じほどけばけばと着飾ったソフィアちゃんが登場して、場は一段とにぎわった。

女装してぶつくさと日常の愚痴を並べるだけという、なんだかよく判らないソフィアちゃんの芸は、どんなお客が相手でも大ウケする。そんなソフィアちゃんと入れ違いに、舞台袖にもどったクロエは、スポーツドリンクを飲んで「ふはー」と長い息をついた。

「放火の真犯人も見つかったし、篠井さんも釈放されたし。おつかれさまでした」

「おつかれさまじゃないわよ」

不満顔なのは、伏木社長である。

田沢家での活劇の後、篠井早菜の超能力が消えてしまったのだ。

裏返したトランプも、次のお客がなにを買うのかも、さっぱり読み取れない。普通の人にもどってしまった。

「これじゃあ、わたしがなんのために一肌脱いだのか、判りゃしない」

「社長は一肌もなにも脱いでないでしょう。一肌脱いだのは、わたしと大福ですよ」

放火犯人は雪田瑞恵だった。

田沢家に押し入って夫妻を襲ったのと同じく、海の森公園の公衆トイレに放火して田沢暢男にヤケドを負わせたのも瑞恵である。

「編み物の先生――石堂静子さんの弟と不倫した相手ってのが、雪田宝飾の雪田夫人だったわけよね」

五年前、瑞恵は婚約者に内緒で出産し、赤ん坊を内緒で里子に出した。

この不倫の一件は、瑞恵の心を傷つけもしたし、発覚を恐れさせもした。

だからこそ、結婚後五年の年月、彼女は里帰りもできずにいたのだ。

瑞恵にとって、五年という時間がもたらしたのは、油断だったのか癒しだったのか。結婚以来はじめて里帰りした雪田瑞恵を、故郷の者たちは歓迎した。地元の財界は雪田宝飾の展示会や商談会を企画し、実家でも下にも置かぬもてなしをした。

そんな中、瑞恵は五年前に捨てた子どもに会いに行った。

親子であることは永久に伏せているつもりだったが、どんなふうに成長したのかを見届けたかったのだ。

「先にプレゼントを送り付けて、後で家を訪ねるなんて、どこか横柄な感じがするわ。瑞恵さんて人、この五年間の幸せのおかげでデリカシーってものをなくしたんじゃないかしら。──他人に対しても、自分に対しても」

社長はクロエが残したスポーツドリンクを飲み干して、不機嫌に云う。

元気に育っていると思ってオモチャを贈ったのに、瑞恵の子どもは三年前に亡くなっていた。その事実を田沢夫妻は瑞恵の実家には知らせたものの、実家から娘へは伏せられていた。逃げるように青森を去って里帰りもできずにいる娘に、隠れて産んだ子どもの死など知らせるべきでないと思ったからだ。

今度の里帰りで、瑞恵は必要以上に浮かれていたのだろう。

わが子の養子先に贈り物をして、暮らしぶりを見に行った。

「ダンナは会社に行って留守だったから、あのおっかない奥さんが応対に出た」と、大福。

「奥さんにしてみりゃ、子どもを捨てた女が今さらどの面さげて会いに来るのかって、けんもほろろに追い返したそうよ。瑞恵さんは、自分の両親から改めて、子どもが亡くなったことを知らされたんだって」

五年前の瑞恵の出産騒ぎでは、彼女の両親が養子先に少なからぬ謝礼金を払っていた。

そのことを知っていた瑞恵は、悪いほうに勘違いした。

お金をもらうだけもらった田沢夫妻が、子どもを粗末にして死なせてしまったのではないか。自分の子どもは、殺されたも同じではないのか。

「実際には、その逆だったのよね。田沢の奥さんは今でも、赤ちゃんの部屋にオルゴールメリーを飾って、ぬいぐるみに赤ちゃんの洋服を着せたりしていた。いつまでも神経が張りつめるほど悲嘆に暮れていたものだから、近所付き合いもしないし、来客にもツンケンしていた。家の中でも、ずっとそんな調子だったんじゃないかな」

「ダンナが、会社でセクハラに奔《はし》ったり、公園で痴漢をしたのもそのせいだ――なんて証言していいるらしいけど。それはちょっと、筋が違うと思わない？」

この事件は、別の騒ぎの犯人をもあぶり出した。

海の森公園に出没していた痴漢の正体は、田沢暢男だったのである。

彼は職場でセクハラ騒ぎを起こし、ひどく居心地の悪い毎日を送っていた。その鬱憤晴らしに、夜な夜な、公園のトイレに出没しては、女子トイレをのぞいていたというわけだった。

それを逆手にとって、田沢を女子トイレに誘い込んで火を点けたのは雪田瑞恵だ。その場で目的を達せられなかった瑞恵は、田沢家に押し掛けて夫妻に向かって火を点けようとした。

「あの場にわたしたちが居なかったら、アウトでしたね」

クロエはステージ上のソフィアちゃんに目を向けながら、放心したように云う。目はステージに向いているけど、心は田沢家での最後の騒ぎの記憶を追っているのだ。

「あのとき、わたしたちと瑞恵さんが鉢合わせするって社長は云いましたけど、まさかそれも超能力だったりして？」

「違うわよ」

手首につけたエゴイストのかおりをくんくん嗅いでいた社長は、盛大にくしゃみをしてからはなをかんだ。

「わたしたちは、全員、死んだ子どもに操られていたんだと思うの。オモチャを配達に行った篠井早菜さんは、そのおかげで超能力みたいな不思議な力が生まれた。死んだ子どもは篠井早菜さんを通じて、お母さんに呼びかけていたんだと思うわよ」

——どーこ。

年齢も性別も判らない細い声を、大福とクロエは思い出す。

あれは死んだ子どもが、実の母親を呼ぶ声だった。生まれたと同時に別れて、五年もしてようやく会いに来てくれたから、子どもはまた瑞恵が来てくれるように、いろんなことをした。篠井早菜ばかりではなく、大福たちのことも瑞恵のことも導いていたに違いない。

「呼んでいただけじゃないのよ。あの子はあんたたちが、瑞恵さんを止めてくれるように、きっちりとタイミングまで合わせて、皆を呼び寄せたのよ」

「社長、なんだか怖いですよ」

大福の両腕にぷつぷつと鳥肌が立ち、二人の女性は「これは面白い」と云って騒ぎ合った。ちょうどステージ上のソフィアちゃんが聴衆を沸かせたタイミングだったので、笑い声はパッと咲いた花のように、吹き抜けの天井へと昇ってゆく。

「だけど、田沢が公園のトイレで襲われたとき、犯人は早菜さんだって云い張ったそうじゃない？　それっておかしいよね。あのゴージャス美人の瑞恵さんと、篠井早菜さんを間違えるなんて、田沢暢男もどうかしてる」

「だけど、マァくんも云ってたわよ。早菜さんと瑞恵さんの面立ちが似ているって」

社長はステージ越しに客席を見た。

オモチャのナイトーの内藤正樹社長と篠井早菜が並んで、ソフィアちゃんの芸に口を開けて笑っている。

この騒動が起こる前、クロエが心配していた早菜の内心の憂鬱は、パッと芽生えた超能力と一緒にどこかに消えてしまった。伏木社長がどう嘆こうが、早菜にとって超能力も憂鬱のひとつだったのだから、消えてくれて本人は胸を撫でおろしている。

早菜の超能力は、死んだ子どもが彼女に働きかけたために起こった椿事《ちんじ》。そう考えるより他に、説明のしようがない。そして、当初からあった早菜の憂鬱は、以前の職場でのセクシャルハラスメントが原因だった。

「本当の恋心は、邪悪なものじゃないって、早菜さんが実感できたのはなによりだわ」

社長はもう一度、ステージ越しに客席に視線を投げた。

大柄な内藤正樹と、ほっそりとした篠井早菜が、まるで夫婦茶碗のように寄り添っている。

「だけど、これで、超能力芸人をスカウトする計画も潰《つい》えたわけね」

「いいじゃありませんか。幸せなカップルが一組誕生したわけだから」と、大福。

「そうだ。もうひとつ、いいことがあるんだ」

大福と社長の顔を見比べて、クロエはにっこりした。

「編み物教室の石堂静子さんの弟――瑞恵さんのかつての不倫相手ね、ふらりと出かけて翌日まで帰らないって、お姉さんが嘆いていたんだけど。本人がようやく、行き先を話してくれたんだって」

「どこに行ってたの？」

「仙台」

「仙台でなにをしてたわけ？」

仙台市の郊外の寺に、田沢家の墓がある。亡くなってしまった彼の実子が、そこに埋葬されていると知った石堂亮は、以前からその墓に詣でていたらしい。

「することなすこと無茶苦茶な弟だけど、だれにも云わずに子どもの墓参りをしていたんだって知って、石堂さんかなりホッとしていた」

「その弟って人、これからは真人間になるでしょうかね？」

真人間っていうのも違うかな？　と、大福は言葉を探しながら問う。

「そう簡単にはいかないわよ」

社長が、言葉とはうらはらに優しい口調で云った。

「大人はね、自分で自分を育てるの。育つ気がない人は、大人も子どももも変わりませんよ」

けれど、育つことのできない子どもが居た。

口には出さなかったけれど、三人とも同じことを考えた。

——バイバイ。

大福たちの耳に、細くて甲高い幻の声が響く。

三人はいっせいに振り返ってから、それぞれ悲しい顔をしたり、息を呑んだり、「バイバイ」とささやき返したりした。

第三話　イリュージョン

1

ライブハウスは、まるで色濃い炭酸飲料を満たしたグラスのようだ。

暗い光の中で、気泡のように弾ける客たちと、のどを突く音楽。

マイクを両手で抱え込み、腰を後ろに突き出しかげんにして、ヒロトは自分の歌に合わせて跳ね飛ぶ女の子たちを見渡している。

ここは狭いので、低いステージから客席を簡単に一望できた。

客たちがバンドに期待するのと同じことを、ヒロトは店に来る女の子たちに期待する。

おれたちがロッカーであるように、おまえたちもロッカーであってくれ。

ヒロトの勝手な望みは、ここでは九分九厘かなえられる。

女の子たちは、だれもがオシャレだ。ヒロトたちの音楽に合わせて、精一杯のコスチュームでつめかけて来て、少しも外れることなくヒロトたちとひとつになろうとする。

まるで、セックスするみたいに。

実際、この子たちは意識していようと無意識だろうと、ライブの間じゅう、音楽というベッドに乗っかってデイジー（それがヒロトのバンド）のだれかとヤっている。もちろん、音楽的なエクスタシーって意味だけど。

そんな中で、ヒロトは客席に、たった一人の例外を見つけた。

九分九厘に入らない一人。

髪が長くて、人形みたいな顔をした女の子だ。

ピンク色のブラウスに、ジーンズをはいている。

家の中に居るみたいな格好だが、ダサいというほどでもない。

その女の子は他の子みたいに飛び跳ねもせず、興奮もせず、ただ壁に背中をもたせかけて、突っ立っているだけだった。ヒロトたちの音楽に文句でもあるのか、目立つことが嫌いなのか。だけど、その女の子は、しんとして突っ立っているせいで、他の子たちより格段に目立っていた。

無表情な顔が、まっすぐにヒロトを見ている。

だから、ヒロトの意識はいやおうなく、そのたった一人の異端者にだけ向いていた。

肌の色が他の子よりも格段に白いこと。両目の虹彩が黒というよりとび色に近いこと。短く切りそろえた爪には、マニキュアをしていないこと。

いくら近いといっても、見えるはずのない細かいことまで、ヒロトの目には見えた。

下半身が熱くなる。あのすらりとしたからだを抱くことを夢想して、わきの下がムズムズした。唾液が、マイクにかかった。

*

ライブが終わると、メンバーは出待ちのファンたちをやり過ごして、それぞれの家路につく。

ヒロトはバンド仲間のクルマに便乗するために、近くのパーキングビルに向かった。

ベースの潤が、お互いに特別の事情がないときには、きまって送ってくれるのだ。

特別の事情とは、ステージがはねた後でバイトがあるとか、女の子と約束があるとか、そんなことだ。

帰り着くまでの十数分、ヒロトは助手席に居て潤のクルマ談議に黙って耳を傾ける。

この男は乗り物全般に興味を持っていて、ことに愛車に向ける情熱には並々ならぬものがあった。黙って聞いているのは、正直なところ、かなり鬱陶しい。だから、アパートに着くまで茶々を入れずに拝聴することが、立派な足代になる。少なくとも、ヒロトはそう思っている。

――このギアが変わるときの滑らかな感じ、判る？　判る？

――あ、うん、そうだな。

本当はよく判らないんだけど、潤と話すときは、そんな調子だ。

ヒロトは運転免許を持っていなかった。そもそもクルマに興味がない。古い外国映画に出てくる、やけにアナログな自動車は格好良いと思う。彼がクルマに向ける気持ちは、その程度だ。

いつか東京で本格的に音楽活動をしたいと思っているヒロトは、クルマがないということにこそ、奇妙なこだわりがあった。

友人から聞いた話では、東京に住むにはクルマは要らないそうだし、クルマに執着するのは田舎者の証明……であるらしい。だったら東京の道を走っている自家用車はなんなのだ、ということはあまり考えない。東京に住んでクルマが持てるほどの金持ちになろうとは、ヒロトは考えたこともないから。

ともあれ、現状ではいまだ青森で暮らしているのだから、運転免許がないということは、人間のくせに鉢植えの植物になったくらいの不便さがあった。地元では、免許なしには正社員として就職するのは難しいし、女の子と付き合うにしてもクルマは不可欠だ。

（でも、おれ、付き合う子には不自由してないし、音楽で食ってくつもりだから、就職とかしないし）

そんなことを考えながら、ふと顔を上げる。

駐車場の照明の下に、あの子が居た。

ノリの悪い子。

ブラウスとジーンズで、まったく気合いが入ってない子。

髪が長くて、人形みたいなきれいな顔の子。

人間の股から生まれたというよりは、神がこしらえた細工ものみたいな子だ。

近くで見ると、ちょっとだけ鷲鼻なのが気になった。

「お弁当です」

すれ違う瞬間、彼女はヒロトの前に四角い包みを差し出して、上目遣いにこちらを見た。

本当に人形がしゃべっているみたいに、表情が動かない。

でも、頬が赤かった。

重箱だろうか、包みを持つ手が少しだけ震えている。マニキュアを塗っていない、きゃしやな手だった。

（うわ――わわわ）

ヒロトは変質者みたいに彼女に抱き付きたい衝動をこらえるのに、ものすごいエネルギーを必要とした。

「ヒロト、早くしろよ！」

離れた場所から潤の声がして、ヘッドライトがまたたく。

慌てて振り返ったヒロトの手に、彼女は重箱の包みを押し込んできた。

「お弁当、食べてください」

「今、行くよ、潤――あ、ありがとう、きみ」

うろたえるヒロトをその場に残して、女の子は駆け去った。

＊

伏木プロダクションの社長室であり応接室でもある稽古場では、シロクマ大福とソフィアちゃんがイリュージョンの練習をしていた。

しかしながら、ものまね芸人の大福に、デビッド・カッパーフィールドみたいな〝奇跡〟

が起こせるはずもなく、「じゃじゃーん」と云って外した覆いの向こうから現れたのは、お粗末な書き割りの風景だった。

　と、段ボールに描かれたその書き割りをめりめり壊して、背高な人物が登場する。

　女装の麗人ソフィアちゃんである。

「大福さ、そのじゃじゃーんは、やめようよ。じゃじゃーん、は」

　フォークロア調のロングワンピースを着ているソフィアちゃんは、しぶしぶといった具合に「じゃじゃーん」と、ベタなポーズを決めた。つくり笑顔の下で、腹話術師のように口だけが不平を並べている。

「それに、いちいち書き割りを壊すのもどうなんだよ。また描き直すの面倒だろう」

「エレガントなソフィアちゃんが、破壊的に登場するのがキモなんだ」

　大福はぽっちゃりとした顔を真面目にして、ソフィアちゃんの異論を却下した。

「それに、今回のお客は、田舎のじいちゃんとばあちゃんだからね。判りやすいほうがいいんだよ」

「ええと、八月三十日に十字村だっけ？　やっぱり年寄りしか来ないんだろうね」

　女性が好きで女装を始めたというソフィアちゃんは、悲しそうな顔をした。

　女性の格好でステージに上がり、日常生活の愚痴やぼやきの合間に思い付いた唄をアカペラで歌う——というソフィアちゃんの芸は、老若男女すべてのお客にウケる。全国ネットのトーク番組にもレギュラー出演しているが、それでもこの青森に根を生やしたまま、伏木プロダクションのきわめてローカルな仕事を中心に、タレント活動を続けていた。

都会へのコンプレックスを人一倍持つシロクマ大福としては、ソフィアちゃんの、こうした根性の据わりっぷりが理解できない。それを聞くと、ソフィアちゃんは、こともなげに自虐的なことを云った。

「ぼくみたいなニッチすぎる芸人は、すぐに飽きられるからね。欲を出さないほうがいい」

「そうかな」

「住む場所があって、毎日のごはんが食べられるなら、どこに居たって楽園だよ」

「そんなこと云いながら、ソフィアちゃん、東京の番組にも出てるでしょ」

「大福だって全国枠の仕事受けたらいいだろ。それだけのことだろ」

「それだけのこと、じゃないよ」

大福はいじける。全国枠の仕事など、大福にはお呼びがかからないのだ。

口惜しさに口ごもりながらそんなことを云うと、ソフィアちゃんは「大福の芸は、王道すぎる。そして、ローカルすぎる」と難しい顔で腕組みをした。

「王道とローカルは両立しないだろ？」

「するよ。大福が得意なイタコおろしなんて、津軽の伝統芸だけど、他の土地の人間には理解できないもんな」

「うーん」

大福が己の芸について悩んでいる横で、伏木プロダクションの秘蔵っ子であるヒロトが、同じ姿勢で腕組みしていた。

「駐車場で待ってたその子がくれたのは、普通の弁当でした。コンビニで売っているノリ弁を詰め替えたって感じでした」

「変な子ね」

伏木社長が、遠慮なしに云う。

ヒロトは、弁解するように両手を広げた。

「おれ、コンビニの弁当で生きているんで、美味かったですよ。それから……」

ヒロトは、幸福そうにもじもじした。

「手紙が入っていたんですよ」

封筒にはなにも書かれていなかったが、便せんの末尾に須崎《すざき》千英梨《ちえり》という名前が記されていた。それは、『ひかり島《じま》』という題の短い詩が書かれているだけの手紙だった。

コンビニののり弁を詰め替えただけの弁当も、ぶっきらぼうな手紙も、ヒロトにはたまらなくクールに思えた。ぶきっちょな字で書かれた須崎千英梨という名前が、十秒に一度くらいの間隔で胸に浮かんで、ヒロトは全身がくすぐったくなった。

「あの子のことを考えると、猛烈にムズムズするんです。モヤモヤと云ってもいい。ドキドキなんて、生易しいものじゃありません」

「なに、それ？」

社長は念入りに化粧した顔を、くしゃりとしかめた。

「つまりですね、彼女とセックスしたくなるんですよ。むしょうに、もう意味もなく、いついつまでも」

「それは問題ね。大問題だわ」

デイジーは実力のあるバンドだが、メンバーのルックスが良いことから、アイドルグループとしての売り方もあると、伏木社長は考えている。それが異性との交際を飛び越して、セックスしたいなどと宣言するのだから、社長が許すはずもない。

「身を慎みなさいよ、ヒロト。わたしが、あんたたちを東京に連れて行ってあげるんだから。全国区で天下取るまで童貞でいなさい」

「そんな、少年聖歌隊じゃないんですから……」

ヒロトの反論を、伏木社長は扇子を振って遮断した。

不況とともに東京を去り、青森に根付いてしまった伏木プロダクションではあったが、首都圏への復帰をあきらめたわけではない。

伏木貴子としては、デイジーこそがその夢を果たしてくれる頼みの綱だった。

ゆえに、本心を云えば、

「わたしが、あんたたちを東京に連れて行ってあげるんだから」

ではなく、

「あんたたちが、わたしを東京に連れて行ってくれるんだから」

なのである。

一方、伏木社長の反応など話す前から判っていたのに、ヒロトは須崎千英梨のことを申告せずにはいられなかった。

ヒロトは確かに彼女に恋をしていたが、これはロッカーとしての恋だった。

彼女が手紙に書いてくれた『ひかり島』という詩は、ヒロトのインスピレーションに完璧に呼応していた。彼女を蠱惑的《こわくてき》ととらえる気持ちが、ヒロトの中にあるアーティスティックな感覚を、一気に音楽へと向かわせるのだ。

ヒロトの恋は、ミュージシャンとしての恋だったのである。

須崎千英梨との仲を、公認のものとして欲しい。

これからはデイジーの——少なくとも自分の音楽性は、千英梨とひとつのものとして育てていきたい。

そんなことを、つっかえ、つっかえ訴えるヒロトの声は、社長の耳を右から左へと通り過ぎていった。

伏木社長のまぶたには、自宅アパートでその須崎千英梨とやらと短絡的で最終的な行為をしているヒロトのことが浮かんだ。

やがて女は妊娠し、ヒロトは音楽どころじゃなくなるだろう。

ヒロトは嬉々《きき》として、入籍すると云ってはしゃぐに決まっている。

運転免許すら持っていないヒロトは、時給の安いアルバイトを掛け持ちして、妻と子どもを養わねばならない。

もちろん、音楽などできなくなるに決まっている。

首都圏にUターンする伏木社長の夢は、ヒロトの無分別の藻屑《もくず》と消えるのだ。

「大福、ソフィアちゃん、ちょっとこっち来て！」

伏木社長は、元女優らしいビンビン響く声で、稽古中の大福たちを呼び寄せた。

「あんたたちに、ヒロトの身辺警護を命じます。重箱にコンビニ弁当を詰め替えてくるような非常識な女の子を排除してちょうだい」

＊

居酒屋・丸太のテレビは、ストーカー事件を報じていた。

ストーカー男が、元交際相手の恋人に暴力をふるって逮捕されたという。

ストーカーの名は、古村彰《あきら》、二十七歳。

被害者は中林基樹、二十五歳。

古村が中林に、交際中の女性と別れろと迫り、中林が拒否したためにカッとなって暴力をふるった。

「馬鹿だね。女心を無視してるね。女を獲得するためには、女心を理解しないでどうするんだよ。こういう頓珍漢の話を聞くと、まったくイライラする」

呆れたように云うのは、ソフィアちゃんである。

「ソフィアちゃんは、女心の権威だからなあ」

カウンター越しに銚子を手渡しながら、店長の四郎さんが云った。

「でも、元カノに迫らないだけ、まだマシじゃないすか？　こういうやつって、弱い相手を狙って攻めるでしょ」

ヒロトが応じた。

大福がヒロトの警護を命じられた都合上、ヒロトは大福のアルバイト先で夕食を食べている。どこか本末転倒だが、目の前で焼かれる焼きトンを食べて、ヒロトは幸せそうだった。

「ひょっとして、その元カノってのが、彼氏より手ごわい相手なのかも知れないすよね」

「ヒロトは元カノにこだわるなあ」

焼き台で串を引っくり返しながら、大福が云った。

「ヒロトの彼女も、ある意味でストーカーなんじゃないの？　なにしろ、社長がおれたちに護衛を命じるくらいだから」

「ヒロトに悪い虫が付いたら、社長としては死活問題なんだよ。デイジーのメジャーデビューに乗っかって、伏木プロダクションも全国に返り咲こうってつもりでいるからね」と、ソフィアちゃん。

「どっちかっていうと、大福さんとソフィアちゃんが、おれのストーカーみたいだと思うんですけど」

「そんなことより、伏木プロダクションが全国区になったら、おれも自動的にメジャーデビューしなくちゃなんないわけ？　それって、なんだか自信ないよ」

「大福は夢がないなあ。そんなだと、いつまで経っても本業が居酒屋のアルバイトのままだぞ」

叔父の友だちの奥さんの従兄である四郎さんは、保護者然として大福の引っ込み思案を叱《しっ》咤《た》する。ニュースの話題が殺伐としているので、野球中継を流している局を探して、リモコンを操作した。

思いがけない客が来たのは、そんなときだった。

からからと、正面口の引き戸が開く音がする。

四郎さんの言葉にうなずいている一同の後ろに、すっと細い影が近づいて来た。

長い髪に白い肌、頬だけが丸く紅潮した、きれいな若い女がしんと立ちどまる。

「うわ」

女性好きのソフィアちゃんがナンパらしいひとことを発する前に、ヒロトが止まり木からおりた。

「千英梨ちゃん、どうしてここが？」

「ふふ」

しとやかに笑う彼女に、カウンターの向こうとこちら、四人の男たちがポーッとなった。

この千英梨が、ヒロトを堕落させようとしている張本人だと察しても、なおかつ全員がポーッとしている。

「須崎千英梨です」

彼女は細い声で云って、ヒロトとソフィアちゃんの間に腰をおろした。

「ようこそ、いらっしゃい。飲み物はなにがいいかな？」

ソフィアちゃんは元より女性に敵意を持つなど無理な性分なので、甲斐甲斐しくおしぼりを渡し、丸太のお薦めメニューを教えている。

大福は注文を受ける前から、豚・鶏・野菜セットの串を皿に並べて千英梨に差し出した。

千英梨はヒロトにもたれるようにしてからだを傾げ、

「ここって、タレントの集まるお店なんですね」

なんて云って四郎さんを喜ばせている。

彼女のひじが脇腹に触れて、ヒロトは全身が火照《ほて》り始めた。幸福感に満たされて見つめるさき、千英梨の横顔のちょっと鷲鼻なところさえ、チャームポイントのように思えてくる。

こうして伏木貴子社長が張った防衛線は、なんの抵抗もなくやすやすと破られた。

千英梨は四人の男たちに陰日向《かげひなた》なく語りかけ、自分のこともぽつりぽつりと話す。

「へえ、千英梨ちゃんって十字村の出身なの？」

津軽半島にある寒村の名前が出ると、大福とソフィアちゃんはとりわけ顔を輝かせた。

八月三十日の村おこしイベントに出演が決まっていたからである。例の書き割りを使ったお笑いイリュージョンだ。

「八月三十日は、わたしも十字村に帰ろうと思っていたんですよ。久しぶりに家族に会おうと思って」

あなたも来るのでしょうと、期待を込めたとび色の目がヒロトを見る。

ヒロトの目がキュンと輝き、しかし次の瞬間にはしおれた。

「八月三十日は、八戸でライブがあるんだった」

「何時から？」

「ええと、夕方から始まるサマーフェスタ」

「十字村は午前中から昼過ぎまでだから、クルマを飛ばせば間に合うよ」と、ソフィアちゃん。

「クルマ持ってないんです。――というか、免許持ってないんです」

ヒロトはこのときはじめて、運転免許を持っていないことを悔やんだ。

2

伏木貴子のメールアカウントに、一通の着信があった。

差出人は渋川藍助。

貴子が映画女優だったころの俳優仲間で、同じ作品にも出演したし、恋人疑惑でワイドショーやスポーツ新聞をにぎわせたこともある。

渋川は、俳優というよりも伏木貴子の恋人として芸能界にデビューしたようなものだが、そのうわさが消えるより早く、俳優稼業から身を引いた。

それでも、業界で渋川をあわれむ者は居なかった。

彼が俳優からマルチタレントに転身し、なおかつ芸能事務所のテイク・ワンを立ち上げて成功したからだ。

貴子は、火花が出るばかりにモニターの文字を睨んでいる。

〈shibukawa@take-one.co.jp〉『貴子ちゃん、ご無沙汰をしています』

メールの趣旨は『会社ごと、コラボしませんか』と誘っていた。

早い話が、合併の申し入れである。

その先には、どこで嗅ぎ付けたのか、伏木プロダクションの虎の子であるロックバンド・デイジーについて、ことこまかに書かれていた。

バンドの性格、メンバーのスキル、将来性と懸案事項をズバリと云い当てた後、こう結んでいる。

『とても有望なグループだと思う。一緒に育てていかないか』

カチンときた。

有望なグループであることも、さらに成長が必要なことも、今日まで育てた自分がよく判っている。それを、よりにもよって、憎たらしくも、東京で成功しているテイク・ワンに、なぜ下心たっぷりに指摘されねばならんのか。

な～にが、コラボよ。

な～にが、合併よ。

な～にが、一緒に育てていかないか、よ。

「い・や・よ。お断わり」

伏木貴子は、とがった鼻の先をツンともたげると、渋川藍助からのメールを『ゴミ箱』に移動した。ダイヤらしきペンダントが、蛍光灯の明かりを受けて、貴子の胸でひっそりと光った。

＊

青森港近くの、古い倉庫を改装したライブハウスでは、デイジーが新曲を披露していた。

日常のふとした瞬間を切り取った歌詞を、重厚な音に乗せるというのが、結成当時からのデイジーのスタイルだった。

それが、今夜の新曲では少し違っていた。

歌詞が文語体で仰々しい。

デイジーの曲が演歌になった——というより、歌舞伎になった？

そんなざわめきの中、ヒロトは、壁に背中をもたせかけてじっとこちらを見つめている女の子に、熱いまなざしを返した。

闇夜さながら綿津見《わたつみ》に　ひかり島こそ出で来《きた》る
嗚呼《ああ》、わたしは——！
かの島のこと　まぶたに浮かべて餓《かつ》えけり
甘露のごとく　酒のごとく　恋のごとく　病のごとく

ライブが終わると、ヒロトは千英梨と連れだって店を出た。

いつものように、潤がクルマで送ってくれるという。

詳しく説明せずとも、千英梨を新しい恋人だと察してくれたようだった。

「彼女ン家《ち》に行ってから、ヒロトのアパートに行けばいいの？　それとも、まとめてヒロトのアパートでいいわけ？」

「まとめて、ヒロトさんのアパートで」

千英梨がそう返事したので、ヒロトは有頂天になった。

潤は、ライブハウスの店長と話が残っているから先にクルマに乗ってろと云って、キーを投げてよこす。

ヒロトは片手を伸ばして受け取り、それを指に絡めて夜道に踏み出した。

なんとなく言葉につまって、ごまかすように夜空を見上げると、夏の星座がついてくる。

ヒロトのブーツと千英梨のミュールの後から、運動靴らしい足音が追ってくる気がして、振り返るが、だれも居なかった。

「どうしたの？」

千英梨の目が、街灯に反射してきらりと光る。

とび色の虹彩が動いてなにかの動きを追ったように見えたが、千英梨はすぐに視線をもどした。

「どうしたの？」

今度はヒロトが訊いて、千英梨は聞こえない素振りで黙っている。

パーキングビルに着いてエレベーターに乗り、いつも潤が借りている四階のボタンを押した。

かたわらの千英梨は伏し目がちに、自分のつま先を見ていた。心細そうな風情は、千英梨なりに緊張しているからに違いないと気を回し、「うち、部屋が汚くて、ごめん」だとか、照れ隠しのようなことを云ってみる。

四階でヒロトたちが降りると、エレベーターはすぐに一階へともどって行った。

「お願いがあるの。あのね――ヒロトさんと一緒に居させて」

「も、もちろん。もちろん、いいよ」

これは同棲したいという意味だろうと受け取って、ヒロトは心臓がでんぐり返った。

「ヒロトさん、わたしのこと、好き？」

「も、もちろん」

もちろんの他に言葉が出て来なくて、ヒロトは焦り始める。

「わたしの家族にも会ってもらえる？」

「もちろん――もちろん」

甘露のごとく　酒のごとく　恋のごとく　病のごとく――。

千英梨からもらった新曲の詩を胸に唱えて、ヒロトは躍り上がる胸を抑え込んだ。

ヒロトの恋は今、加速度をつけて、成就の方向へとスッ飛ばしている。

そのスピードから振り落とされずにいるだけで精一杯だったために、後ろから近付いてくる足音に気付かずにいたのも無理からぬことだった。

いや、気付いてはいたが、用事を済ませた潤が追いついて来たのだと思ったのだ。

「千英梨、その男はだれなんだ？」

不意のことである。いがらっぽい声がした。潤の声ではない。

振り向くと同時に、そいつはヒロトに殴りかかってきた。

あまりに唐突だったので、避けきれなかった。

こぶしが頬を打って、ヒロトは弾き飛ばされる。

ざらざらしたコンクリートの床に転がって、ようやくヒロトは相手の姿を視界におさめることができた。

スキンヘッドに麻の鳥打帽をかぶった、ひどくたくましい男だった。

天井の蛍光灯の光を遮って、どっしりと立ちはだかっている。

よく見れば、意外と美男子だった。

「千英梨ちゃん、この人が家族ってわけじゃないよね――」

殴られたショックで、ヒロトはわけの判らないことを口走る。

千英梨は大きく何度もかぶりを振って、ヒロトに駆け寄った。ヒロトをかばうようにして暴力男の前に立ちはだかると、「彰ちゃん!」と鋭く云った。

(……知り合い?)

口の中が切れて、しょっぱい味がする。

鼻の辺りが、ずぅんずぅんと重たく脈打って、場違いな眠気が襲って来た。

その反面で、知り合いであるらしい二人のことが気になる。

「あんたには関係ないわよ。あんたとは、行かないんだから」

くってかかる千英梨をわきに退《ど》けて、彰はヒロトのむなぐらをつかんだ。

ヒロトはむずかる子どものように暴れたが、彰がこぶしをグイッと後ろに引いたのを見てとると、全身がこわばった。

「乱暴はしないでよ、彰ちゃん」

飛びついてくる千英梨をなんの苦もなく退け、彰はこぶしをヒロトのみぞおちにぶち込んでくる。

殴られた腹は、痛いというより、石でも呑み込んだように重たくなった。

その重さに自らつぶされるみたいに、意識が遠のいてゆく。

「どうして、おれじゃいけないんだよ」

スキンヘッドの彰は、まるで自分が殴られたみたいに痛そうな顔をして云った。

ヒロトは千英梨に向かって、懸命に手を伸ばす。

指に絡ませていた潤のクルマのキーが、コンクリートの床に落ちた。

3

十字村の村おこしイベントは、晴天にめぐまれた。

青森市と蓬田村《よもぎた》にはさまれた十字村は、人口二千人に満たない小さな村だ。海岸線に沿って、国道二八〇号線とＪＲ津軽線が通り、一帯の集落はこの交通の動脈に沿うようにして点在していた。

津軽半島の突端に向かって左手が急峻な山地、右手には海が迫っている。

シロクマ大福とソフィアちゃんは、大字《おおあざ》海岸近くの空き地にクルマを停めると、海浜の空気を胸いっぱいに吸い込んだ。

この辺りでは、伝統なのかはやっているのか、庭先にノウゼンカズラを咲かせている家が多い。オレンジ色の花が、ぽっかりぽっかりと晴天に浮かぶのを見て、ソフィアちゃんが
「のどかだねえ」とつぶやいた。

そののどかさに水を差すように、大福のポケットの中で携帯電話がムー、ムー、と震える。

通話アイコンに触れるなり、電話をかけてきた男が、キレ加減の早口で怒鳴りだした。

――ヒロトがバックレたんだ。大福さん、行き先知らない？

「ヒロトが、バックレた？」

電話の相手は、デイジーのベーシストの潤だった。

昨夜、パーキングビルの床に潤のクルマのキーを放り出したまま、ヒロトが消えてしまったらしい。帰りぎわ、最近付き合いだした千英梨と一緒だったから、そのまま二人でどこかに行ってしまったに違いない、という。

潤にとっては音楽の次に大事なクルマなのに、ヒロトはそのキーを放り出して行ってしまったこと。今日は八戸でライブがあるのに、ヒロトが一向に顔を出す気配がないこと。それやこれやで、潤は怒り心頭に発している。

「潤たちは今、どこに居るんだ？」

――八戸だよ、決まっているだろ。

「ヒロトは、行ってないわけか？」

――そう、来てないの。だから、こうして大福さんに電話してんの。てか、千英梨ちゃんて子が十字村の出身で、今日のイベントを観に行くとか云ってたんだよ。ヒロトのやつ、もう完璧に千英梨ちゃんにメロメロ状態だったから、こっちのライブをほったらかして、二人で十字村に行ったんじゃないかと思ってさ。

「いくらなんでも、それはないと思うよ。そのことは、前に断わっていたもん」

――じゃあ、いいよ。社長にかけてみる。

潤は憤然としたまま、電話を切った。

「ヒロトが仕事を放り出して、駆け落ち？　まさかそんなことは、しないだろう」

ステージ衣装の裾を両手で持ち上げ、ソフィアちゃんはしゃなりしゃなりと歩く。

「どっちみち、来ているなら客席に顔を出すんじゃないのか」

「だよな」

十字村の村おこしイベントは、例年、夏が終わりかけたこの時期に開かれる。

大福の知る限り、この村おこしに村外からの観光客が来たのを見たことがない。だから地域経済が活性化する気配などちっともないのだが、村民こぞってこのお祭りを楽しみにしているのは、イベントを請け負った側の大福たちにとってはありがたいことだった。

会場になった大字海岸には、村の人口の大半を占めるじいさんとばあさんがつめかけ、今年もなかなか盛況である。じいさんたちはたいてい、タオルの頰《ほ》っ被《かむ》りをしていて、ばあさんたちはエプロンのポケットに飴をたくさん入れていた。

お客は高齢者が大半を占めていたから、もしもヒロトと千英梨が来ているとしたら、目立つはずだった。しかし、何度見渡しても、二人の姿は見えない。

ヒロトたちを探していて視線が合ったのが、キラキラネームの赤ん坊——帆柱《マスト》くんを連れたヤンキーっぽい夫婦だった。

ダンナのほうは、腕のいい漁師らしい。

帆柱くんママはシロクマ大福を「短《みちか》プンちゃん」と呼んで面白がった。「短プン」とは、あらゆる小太りなものを指して云う、津軽弁のスラングだ。

「短プンちゃん、な、そったら服ば、どごで買うんず？」

あんた、そんな服をどこで買うの？

大福が着ているのは、中高年世代なら知っている「省エネルック」という半袖の背広に、半ズボンを合わせたものだ。この背広がスパンコールでピカピカ光っているのは、大福の芸人としてのこだわりである。幼い帆柱くんが、「ピカピカー」と云って喜んだ。

「これは衣装だから、手作りですよ」

「マジな？　マジな？」

帆柱くんパパは感心したように大福をためつすがめつ眺め——、村のイベントは、そんな具合にほのぼのと始まった。

見物人たちは大字海岸に思い思いにシートを広げ、海を背景にしたステージを眺める。

のど自慢、特産であるモズクの早食い競争や、ビーチドッヂボールなど、村民参加のプログラムでクタクタになった後は、大福が得意のものまねで座を盛り上げた。大物芸能人から、村長や帆柱くんパパをそっくりに真似て、大いに笑いを誘う。

そして、いよいよ満を持したイリュージョンの披露となった。

大仰な額縁にシートが掛けられ、これを外したら、海原に忽然《こつぜん》と島が現れる——実際には、そんな書き割りが現れる、という段取りだ。

録音してきたドラムロールを拡声器で流し、銭湯の壁画のような書き割りが現れたときは、見物の一同からドッと笑いが出た。

「なんだべー」

「いんちきー」

見物人たちは、大いに喜んで、こちらの期待どおりの野次を飛ばす。

爆笑と野次は、白いドレス姿のソフィアちゃんが、段ボールの書き割りをベリベリと破って登場した瞬間に最高潮に達した。

しかし、である。

ソフィアちゃんに破壊された書き割りが砂の上に倒れてしまうと、見物の一同から表情が消えてしまった。

「え？」

どれだけ芸でスベっても、これほど場が凍り付いたことはなかった。

大概のことには平然としているソフィアちゃんも、さすがにうろたえて皆の視線をたどる。

そうして、海上の異変を目の当たりにした。

書き割りに描いたのとよく似た島が、海の彼方に出現していたのである。

それは大福たちの居る場所からは、きれいな半球の形に見え、全体がほんのりと光を帯びていた。巨大な電球が、ポコンと海に浮かび出たかのようだった。

「……まさに、イリュージョン。どういう仕掛けなんだ？」

「……仕掛けじゃないだろう。北海道が見えているとか？」

「……そんなわけない。北海道が見えるのは、もっと半島の先のほうだから」

「……ともかく、あの島、さっきまでなかったよな」

「……うん、なかった」

大福とソフィアちゃんは、ステージ上の仕事も忘れてぶつぶつ云っている。

そんな中、海岸に集まった客たちは、尻込みするように会場から帰り始めていた。たった今までステージのイベントを楽しんでいた皆の目が、一様にこわばっている。

「おめぇだぢも、早く家さ入れ」

鷲鼻のじいさんが、大福たちに走り寄って二人の背中を押したときである。

防災無線のスピーカーから、引きつった声が響き渡った。

――ひかり島が出現しました。ひかり島が出現しました。各自、避難願います。

帆柱くんパパが来て、鷲鼻のじいさんに加勢する格好で、大福たちを集落のほうへと連れて行こうとする。その途中で、防災無線のアナウンスが変わった。

――漁船がうばわれ、ひかり島に向かっています。漁船がうばわれ、ひかり島に向かっています。

「ひかり島さ、食われでしまうでば」

「あれって、光るから、ひかり島なんですか」

「そんな、のんきなこと云ってる場合でねえ」

帆柱くんパパが漁港の方角へ駆けだすと、鷲鼻のじいさんが後ろから止めた。

「やめろ、ひかり島さ捕まれば、帰れなくなるぞ」

「なんも、捕まらねえ。このまま、みすみす放っとがれねえべ」

帆柱くんパパはそう云ったものの、思い直したように引き返してくる。

大福とソフィアちゃんの二人を見比べてから、だしぬけに大福のぽっちゃりした二の腕をつかんだ。

「おめぇも、来い！」

「え？」

いやだと云ういとまもなく、大福は漁港まで連れて行かれた。

そこには帆柱くんパパと同じくらい日焼けして、同じくらい屈強そうな男たちが、一様に煙草をくわえてイライラと船着き場に集まっていた。

帆柱くんパパを——というよりも、大福を見ると、男たちの表情が変わる。

「だれか一人、一緒に来いじゃ。船ば取り返せるがも判らねえからな。でも、一人だけでいいぞ」

「せば、おれが行ぐじゃ」

名乗りを上げたのは、まだ未成年らしい若い漁師だった。

「盗まれだの、おれの船だもの」

若い漁師はぴょんぴょん跳ねるような勢いで一隻の漁船に乗り込み、帆柱くんパパは大福の背中をどしんと押した。

生まれてから今まで、こんなに心細く、いたたまれない思いをしたことがない。

立ちはだかる男たちの目が、いっせいにこちらに向いている。

その表情に同情の色を読み取ったとき、大福は思わずきびすを返した。

「やっぱ、無理。失礼します」

「逃げんなじゃ」

帆柱くんパパは大福の手首をつかむと、揺れる足場へと引き寄せた。

「なんも、けぇねえ」

なにも、心配はない。

そんなわけがあるかあ、という叫びは大福の口から出ることなく、丸い腹の中でしぼんで消えた。

「行ぐや」

大福が乗り込むと同時に、船は漁港を出る。

急に高まった波にあおられて、小型の漁船はドンブラコと揺れた。

見上げると、晴天だった空はいつの間にか台風の直下に居るように、黒く変わっている。

大福は船室に居る帆柱くんパパに向かって、質問を山と浴びせた。

ひかり島とは、なんなのか？

ひかり島に食われるとは、どういう意味なのか？

漁船泥棒を追いかけるのは判らないでもないが、どうして大福まで連れ出されるのか？

「船ぇ盗《と》ったやつのこと、なんか判ったのな？」

大福の問いをすべて無視して、帆柱くんパパは若い漁師に尋ねる。

「民宿さ泊まっていた客だどや。宿帳さは中林基樹って書いでらど」

陸奥《むつ》湾の中とはいえ、小さな漁船は容赦なく揺れる。

昼に食べたホタテラーメンが胃の腑で躍りだし、大福は返答のない問いを続けるのを断念した。そうするうちに、若い漁師が云った「中林基樹」という名前に憶えがあるような気がしてきた。

思い出そうとすると胃袋がでんぐり返るが、のどまでこみ上げた未消化のラーメンを飲み込んだとき、ふっと鮮明なイメージが浮かんだ。

居酒屋・丸太の情景だ。

ソフィアちゃんが居て、ヒロトが嬉しそうに焼きトンを頬張り、四郎さんがしきりにテレビのリモコンをいじっている。その中に、中林という男が居たのだろうか？　いいや、中林基樹という名の常連は居ない。一見《いちげん》の客でも、わざわざそう名乗って来た者は居ない。

つまり、中林は丸太の客ではないのだ。

「ううぅ――」

こみ上げるラーメンをもう一度飲み込んだとき、もっと鮮やかな記憶が突然にこみ上げてくる。

ひかり島とは、ヒロトが歌っていた曲の名前なのだ。

闇夜さながら綿津見に　ひかり島こそ出で来る
嗚呼、わたしは――！
かの島のこと　まぶたに浮かべて餓えけり

スタジオを借りる金がないのなら、せめてカラオケボックスにでも行けばいいものを、わざわざ伏木プロダクションの事務室で歌の稽古をしていたのは、その歌詞が千英梨から贈られたものだったからだ。ヒロトはそれが自慢でならず、伏木プロダクションの面々に、恋の宝物を見せびらかしていたのである。

ガキンチョめ。

ドンブラコ、ドンブラコと揺れる漁船の中で未消化のラーメンと戦いながら、大福はヒロトの無邪気さを呪った。その黒い気持ちの中に、当然浮かぶべき疑問が、ようやく頭をもたげた。

（千英梨ちゃんは、どうしてひかり島のこと知ってるんだ――千英梨ちゃん、十字村の出身だと云ってたっけ。だからなのか？）

ひかり島こそ出で来る
かの島のこと　まぶたに浮かべて餓えけり

ひかり島とは出たり消えたりする島で、人によってはまぶたに浮かぶほど恋しくなったりするということか――。

(現実に、中林基樹というやつは、漁船を盗んでまでひかり島に行こうとしている)

そこまで考えると、大福は「なにが現実だ」と口に出して、憤然と顔を上げた。

イリュージョンでもあるまいに、島がひとつ出たり消えたりするはずがない。

しかし、ひかり島と呼ばれるその島は、どんどん目の前に迫っていた。

漁船泥棒の中林基樹が、桟橋らしい木造の突端に降り立ったのが見える。

「あンの野郎！」

帆柱くんパパが、低い声でうなって速度を上げた。

島近くまで来たおかげで、波のうねりは小さくなっている。

桟橋に居て漁船を舫《もや》う中林基樹の姿はどんどん近づき、こちらの船も桟橋に横付けした。

「コンちくしょう！」

若い漁師が帆柱くんパパと似た口調で一声吠えると、船べりから躍りかかるようにジャンプした。

「すみません。み——見逃してください！」

「見逃すか！」

勢いのままに中林基樹を組み敷くと、ガッツンガッツンと殴りつける。

痛そうな音が、潮騒を破るようにして大福の居る船べりまで届いた。

中林基樹は、はなから戦意などなかったようで、若い漁師に殴られるだけ殴られると、背中をこづかれながら大福たちの居る漁船の近くまで歩いて来る。

帆柱くんパパは船べりから板を延べて、中林を船に乗せた。

島には赤紫色をしたハマナスの花が咲いていて、近くで見ても風景全体が白みを帯びて光っているように見える。

（え……？）

不意のこと、花陰に、人の顔が見えた。

だまし絵のようにぽっかりと、人形のような人影が浮かんだのである。

気配もなく人間が現れれば、例外なくだれもが驚くように、大福もまた驚いた。

それは、女であった。

女は、洋服ではなく、古めかしい模様の着物を着ていた。

目を見張って見つめる先、大福の前で島の眺めはゆるゆると変化する。

着物を着た女の数が、一人、また一人と増えてゆくのだ。

「え——ええ？」


ハマナスの花陰に居る女たちのいずれもが、須崎千英梨に見えたのは目の錯覚か。

高いエンジン音が響く。

大福は桟橋を振り返って、若い漁師が、取り戻した船を動かそうとしているのを見た。

再び島のほうに目を転じると、千英梨に似た女たちの姿が消えている。

彼女たちの着物の模様に似たハマナスが、輝きながら揺れているばかりだ。

（今のは気のせいか？　こんなはっきりした気のせいってあり？）

大福は首を傾げる。

その間にも、若い漁師は取り返した船を、対岸の十字村に向けて発進させていた。

一方、中林は釣られて息絶えた魚みたいに、こちらの船の狭い上甲板でのびている。

「短《みぢか》プン、そいつば押さえてろ」

帆柱くんパパは怒ったような声で大福にそう命じ、自分もエンジンをかけて船の頭を対岸の十字村へと向けた。その顔が真っ青であること、全身がひくひくと震えていることで、大福は帆柱くんパパが怒っているのではなく、怯えているのだと判った。

船の中で中林が暴れだして、またひかり島にとって返すようなことになったら――。

(ひかり島に、食われるのか？)

なにもかも、わけが判らないまま、大福は上甲板で仰臥《ぎょうが》している中林の腹の上に、ドンッとまたがる。

「逃がさないぞ」

「もう……逃げませんよ……」

中林は泥棒騒ぎが頓挫し、精根尽き果てた顔をしていた。

そのやせた顔を眺めているうちに、大福は不意にこの男の素性に思い当たった。

居酒屋・丸太で見たテレビニュースの中で、中林基樹の名が報じられていたのだ。

ストーカー事件の被害者の、交際相手としてである。

(だったら、ストーカーの名前はなんだったっけ？)

焼きトンの串をあぶりながら、見るともなしに見ていたのだから、思い出せないのも道理だ。けれど、中林のことを思い出せたのは、こんなイレギュラーな騒ぎを起こされたせいだろうか。

(あれは、確か――)

中林基樹は交際中の女性の元カレに暴力をふるわれ、暴力元カレが警察に逮捕されたという短いニュースだった。

女心の判らないヤツだと、暴力元カレを批判したのはソフィアちゃんだった。

そんな場合暴力の標的になるのは、一番に弱い女の人だとヒロトが云った。

だから、三角関係の一角である彼女が、彼氏より手ごわい相手なのではないかと――。

「あんた、ニュースに出てたよね」

「…………」

「彼女が居るんだろうに、なんでわざわざこんな騒ぎを起こすんだよ」

大福が組み敷いた下、中林基樹は顔を空に向けたまま「ズビッ」と云った。緊張がゆるんだのか、垂れ加減の目じりからぽろぽろと涙がこぼれ始める。

「彼女なんか――」

涙がつまった声で、中林はひとことだけ云った。

4

中林は警察に引き渡されることもなく、公民館の談話室に連れ去られた。

村おこしイベントは中途のままでお開きとなり、大福とソフィアちゃんは今日のことを口止めされたうえで解放された。

「しゃべってもいいんだけどな。どうせ、だれも信じねえもん」

帆柱くんパパが公民館の外まで見送って、そんなことを云った。

「おめぇさは世話になった。来年もまた来いじゃ」

「はあ」

帆柱くんパパは、ゴワゴワした大きな両手で、大福の手を握る。

最初会ったときのまま、気のいい笑顔が戻っていた。

大福たちは、さまざまなことが宙に浮いたまま、海沿いの空き地に停めていたクルマに向かう。沖にはもうひかり島の影も形もなくなり、夕方が近づいて桃色を帯びた海が、波も立てずに視界の果てまで続いていた。

「おめぇだぢ、おれの家さ来て茶でも飲んでいけ」

そう云って誘ってくれたのは、ひかり島が出現したとき、真っ先に大福たちに声をかけた鷲鼻のじいさんである。

「おれは、ひかり島に食われて、唯一もどって来れた男なんだ」

「ひかり島に食われた……？」

須崎丈七《じょうしち》と表札の掛かった古ぼけた家に、じいさんは大福たちを招いた。

家は他に家族の居る様子もなく、ゴミ屋敷の一歩手前といったところまで散らかっていた。夏だというのに、布団の掛かったコタツが出しっぱなしになっていて、そこらじゅうにしみついた煙草と蚊取り線香のにおいが、ムッと鼻をつく。

コタツ布団にも畳にも煙草の灰を落としてうっかり焼いた跡があり、じいさんは「ここでは、禁煙だからな」と自分に云いきかせるように云った。

「さあ、座れ、座れ」

須崎のじいさんは、畳の上に投げ散らかした古新聞やら食パンの空き袋やらを片付けて、大福たちに座布団をすすめた。網戸から入った風が、廊下を通って台所のほうに抜けるらしい。クーラーがなくても、十分に涼しかった。

「ひかり島ってなんなのだと、不思議に思ってるべ？」

「はい。なんなんですか、あれは？」

「あれは、古いキリシタンの島さ」

じいさんは、冷蔵庫から麦茶を出すと、絵柄のそろわない湯呑に入れて、大福たちの前に置いた。

十字村にはキリシタンの伝説がある。

「なぁんも、話コだね」

ただのお話だから——と云って、須崎のじいさんは語り始めた。

江戸時代の初頭、この村は他の土地からキリシタンの女性が送られて来る流刑地だった。

十字村という名が残ったのも、そのためらしい。

しかし、受け入れる側では困惑した。

当時の村人たちは、沖合の孤島に、流刑者たちを押し込めた。

彼女たちは、狭い島の中で自給自足の暮らしをしていたが、やがて高波が来て住む者も苫《とま》屋《や》も呑み込んでしまった。

対岸の十字村の者たちは、さすがに救助に向かったものの、一人も助け出すことができなかった。島そのものが海中に没してしまったのである。

「そんな馬鹿な」

ソフィアちゃんが口をはさむと、須崎のじいさんは「なぁんも、話コだね」と繰り返す。

ただのお話だから——と云いながら、じいさんは続けた。

「あの島さ『ひかり島』って名前コついだのは、一度沈んだ島が、また現れだとぎだ」

再び浮かんだまぁるい島は、満月が海に落ちたかのように光っていた。

それは船のように遠く近く、東西南北に動き回った。

ひかり島が現れると、海は時化《しけ》る。操業している漁船は沈む。

遭難した漁師は、ひかり島の人間に助けられた。島そのものが海中に沈んだのに、住民はなぜか無傷で生きていた。彼ら――いや、彼女らは、魑魅魍魎《ちみもうりよう》となって生まれ変わっていたのだ。

そんな女たちに助けられた漁師には、実のところ助かるとはほど遠い運命が待っていた。島には女しかいないから、助けられた男はいろんな意味でコキ使われた。すべての力仕事、島中の女の夜の相手――なにしろ、女だけの島なのだから。

「島中の女の」

「夜の相手」

大福とソフィアちゃんは同時に同じことを想像して、うらやむべきか恐れるべきか悩んだ後、ブルッと背中を震わせた。

それでも女しか生まれないのは、罪のない漁民を監禁して死ぬまでコキ使う、そんな大罪に対する罰なのか？　しかし、ひかり島の女たちにしてみれば、自分たちこそ島に閉じ込められたのだと云いたいだろうが。

「それが事実だとしたら、海上保安庁はどうしているんですか？　警察は？　海上自衛隊は？」

思わず問い返すソフィアちゃんに、須崎のじいさんは顔じゅうをしわにして笑った。

「相手は浮き沈みする島だぇ。海図さも載ってねえんだぇ。江戸時代のキリシタンの流刑地だぇ。だれが信じるもんだば」

だれが信じるものかと云いながら、須崎のじいさんの話は核心に迫ってゆく。

「ひかり島が浮上したら、そのときは気を付けないとダメだ。島が発情して、男を求めているんだから。犠牲者を捕まえるまで、島は何度でも時化ば起こして船を沈めるんだ」

「男を求めている？」

漁船を盗んでまでひかり島に向かった中林基樹のことが、頭に浮かんだ。

「あの男は、島の女にたらし込まれたんだべ」

島と、島に魅入られた男の関係は、男女のいとなみそのものだ。

男は島に誘い込まれ、からめとられて、子種としてのみ扱われる。

聞いていたソフィアちゃんは、窓から吹く風にこごえたように、腕をこすった。さしもの女好きにとっても、話がグロテスクすぎるようだ。大福も似たような胸のムカつきを覚え、そんな場所に連れて行かれたことが、今さらながらに怖くなった。

「さっき、中林さんを助けに行ったとき、どうしておれが連れて行かれたんです？　おれなんか船も操縦できないし、腕っぷしも強くないから、なんの役にも立たないのに」

「それば正直に話せば、おめぇ怒るべ」

「え、どういうことですか？」

「中林という男を助けに行ったはいいが、中林が溺れるかなにかして助けられなくて、それから逃げるに逃げられなくなった場合、おめぇば置いてその隙に逃げるつもりだったんだべ」

「はあぁ？」

めったに怒らないシロクマ大福だが、この話ばかりは腹が立った。

丸い頬をぷっくりふくらませていると、須崎のじいさんは笑いごとではないのに、なぜか笑った。

「ひかり島のせいで難破したら、助からねえど判ってるから、村では早々に弔いを済ませる。だから、おれにはもう、墓もあるし戒名もあるんだ」

「え？」

大福たちは驚いた顔で、須崎のじいさんを見た。

「おじいさんは、さっき、ひかり島に食われたって云いましたよね。ひょっとして、ひかり島に捕まったことがあるんですか？」

「ああ」

「じゃあ、今云った、あんなことやそんなことを、実際に体験しちゃったんですか？」

「ああ」

須崎のじいさんは、音をたてて麦茶をすする。

「三十年前に遭難して、こんなところで死ぬよりはと思って、女の子を一人かっさらって、それば人質にして逃げて来たんだ。かっさらったって云っても、おれの実の娘だけどな」

その返事を聞いたとき、須崎のじいさんの鷲鼻が、だれかに似ていることに気付いた。

「ひょっとして……それは、千英梨さんのこと？」

「須崎千英梨さんは、あんたの娘さんなんですか？」

「ああ、そうだ。戸籍上は養女だが、あれは正真正銘、おれの娘だ。――ひかり島には、おれの娘が何人も居るのさ」

須崎のじいさんは、自分の湯呑に麦茶を注ぎ足した。

「だけどな、千英梨はおれの娘である以上に、島の娘だ。島ごと海の中に沈んでも、ピンシャンして生きている女たちの娘なんだ」

須崎のじいさんの声は平板だったが、にじみ出るような無念さを感じさせた。悪いおとぎ話のような島に、娘の心が囚われていることを、じいさんは悔やんでいる。

「かの島のこと　まぶたに浮かべて餓えけり」

ソフィアちゃんがヒロトの歌で覚えた一節を口ずさんだ。

千英梨が書いたというその歌詞は、ひかり島への千英梨の渇望をそのまま表現したものなのかも知れない。

「千英梨は結局、本気で好いた男ば連れて、ひかり島さもどるんだべな」

ひかり島の浮上はだれにも止められないのと同様、千英梨が島に帰ることだって、父親には止められないのだとじいさんは云った。

そんな詠嘆の中で、大福は別のことを考えて戦慄している。

千英梨の本命の男とは、ヒロトではないのか？

*

そろそろおいとまを、と腰を浮かしかけたら夕立になった。

「玄関にある傘、持って行っていいぞ」

窓を閉めに立った須崎のじいさんは、背中越しにそんなことを云う。

玄関の傘立てには一人暮らしには多すぎる傘が、乱雑に立てかけてあったが、どれも骨が折れたり把手《とって》が取れたりと、まともに使えそうなものは、見つからない。よしんば使える一本があったとして、それを持って行ってしまうと、今度はじいさんが困るだろう。

「どうせ夕立だから、すぐにやむよ」

玄関を開けて、すだれのように降る雨を見ていたら、電柱に取り付けたスピーカーから割れた音が響き渡った。さっき聞いたのと同じ、防災無線である。

――漁船がうばわれ、ひかり島に向かっています。漁船がうばわれ、ひかり島に向かっています。

ズキンと、胸を撃ち抜かれたような胸騒ぎがした。

大福たちは条件反射のように外に飛び出し、ソフィアちゃんは、

「ドレスが、台無しだよ」

と文句を云う。

「それでも、急げ、急げ」

大変な勢いで降りしきる雨の中を、大福たちは犬かきでもするような不器用さで、漁港まで駆けて行った。

雨にもかかわらず、船着き場には大勢の人が来ていた。村おこしイベントには顔を出さなかった壮年の男たちが、難しい顔で海原を睨んでいる。

「空き地さ黒いバンが停まってるってや。おめぇだぢのクルマは、たしか――」

帆柱くんパパが近寄って来て、大福たちに尋ねた。

ついさっき、ひかり島への生け贄にされかけた大福としては、なにかひとこと云ってやりたいのだが、ズキズキと胸の中で騒ぐいやな予感が、そんなことを忘れさせた。

「おれたちのクルマは、白いワゴンです」

「つうことは、バンに乗って来たやつがあれか」

指さす海原に、再び、球体の島が電球のような仄白《ほのじろ》い光を放って浮かんでいる。その光の中に、今しも小舟が呑み込まれようとしていた。

「なして、おれの船ばっかし狙われるのや――!」

地団太を踏んでいるのは、さっき、大福たちと一緒にひかり島に向かった若い漁師である。このたびもまた、彼の船が盗まれたらしい。追いかけるにも、もはや島に到着しかかっているので、救い出すのは無理だという。

「今度は、中林さんじゃないんですか?」

「ああ。あの男だば、まだ公民館さ居てめそめそしてらじゃ」

弱まってきた雨越しに、帆柱パパは国道の向こうの公民館の建物を目で示した。

大福はキューピー人形のような両手を組み合わせて、あごの下に置く。

千英梨は、今日、十字村に来ると云っていた。

千英梨は、ヒロトにも同行して欲しいと、繰り返し誘っていた。

千英梨はひかり島の娘だ。

ヒロトと千英梨は、昨日から行方をくらましている。

以上のことから導き出される答えは、ひとつしかなかった。

千英梨がヒロトを連れて、ひかり島にもどったのである。

「――だれか」

大福が云いかけた後ろから、半狂乱になった中林が「だれか、だれか！」と叫びながら駆けて来る。手当たりしだい、この場の者に向かって「船を出して」と頼んだ。

「ぼくこそが、ひかり島の客にふさわしい男なんです。だれか、ぼくをひかり島に連れて行ってください！　まだ間に合う――早く、早く」

中林が騒ぎ、大福があせるうちにも、夕闇の迫りだした空を映して、海は黒く染まり始める。

船で到着した客を迎え入れて、ひかり島は光量をしぼるように暗さをまし、島影そのものも、うすれだした。

やがて島全体が、すうっと消えていく。

「ああ、ああ、ああ！」

中林は足を踏み鳴らして、泣いた。

「千英梨ちゃん――千英梨ちゃん――」

そう叫ぶ中林の声の後ろから、それよりもっとよく響く声が、むせび泣くように同じ名を唱えた。

「千英梨ちゃん――千英梨ちゃん――」

振り向くと、帆柱くんママがサンダルの底を鳴らしながら近づいて来た。左腕に帆柱くんを抱いて、もう一方の手でやせた若者の腕を引っ張っている。

「この人、駐車場で泣いてたんだけど」

もう一人、泣きじゃくっている中林を見やってから、帆柱くんママは連れて来た若者の背中を一同の前にドンッと押した。

それはヒロトだった。

白いTシャツにジーンズという、ライブでお馴染みの服装をしたヒロトは、顔にも四肢にも、殴られたり転ばされたりした痕があった。

「ヒロト、おまえ、ひかり島に連れれて行かれたんじゃなかったのか？」

反射的に抱き付いたソフィアちゃんは、「汗くさ！」と云ってよれよれの相手を突き飛ばす。バランスをなくして尻もちをついたヒロトは、中林と同様にオイオイ泣いた。

「おれは土壇場で、千英梨ちゃんに捨てられた」

ヒロトは、ジーンズのポケットからカードを取り出して、大福に向かって放り投げてよこす。

「おっと」

それはカードではなく、運転免許証だった。体格の良さそうなスキンヘッドの男の写真が貼り込まれ、「古村彰」という名前が記されている。

わきから顔を出した中林が、「わあ。わあ」と言葉にならない声を発してわめいた。

「こいつが――こいつが、ぼくと千英梨ちゃんの仲に嫉妬して――もう別れたくせに、ぼくらの間に割り込んできて――」

「知ってる」

大福はぽっちゃりした顔でうなずく。

「古村彰は千英梨ちゃんの元カレだったんだ」

中途半端になっていた記憶が、鮮明にもどって来た。

テレビのニュースが報じていたのは、古村彰が恋人を取りもどそうとして中林基樹を襲った事件だった。

「元カレは、こいつだろ！　千英梨ちゃんと付き合っているのは、おれだから」

ヒロトが無情な云い方をして、中林がつかみかかろうとする。

それを皆が押さえ込むのをいいことに、ヒロトは吠えるように話し続けた。

「千英梨ちゃんが連れて行ったのは、その男だ」

ヒロトは、昨夜、パーキングビルで古村彰に待ち伏せされ、彼のアパートに一晩押し込められていた。

その間も千英梨は一緒だった。

粗暴な古村をいさめていたのは千英梨で、古村によって人質よろしく手足を縛られたヒロトのことも、せっせと世話を焼いてくれていたという。

「それは、世話を焼いていたんじゃないよ、ヒロト。千英梨ちゃんは、古村の共犯だったんだ。——いや、古村が千英梨ちゃんの共犯だったんだ。二人は最初からグルで、駐車場でおまえを待ち伏せしていたんだよ」

大福が口をはさんだ。

「違う、違う——判ったようなことを云うな！」

ヒロトは嚙み付くように反論するが、その声にはどこか甘えるような響きがあった。反抗期の少年のような声だ。その声を聞いて、ヒロトにも真相は判っているのだ、と大福は思った。

「千英梨ちゃんは、ヒロトをひかり島に連れて行く気だった。でも、放っといたら、中林さんが一人でひかり島に渡ってしまう。それより先に、ヒロトを連れてひかり島に行きたかったんだ。なぜなら、千英梨ちゃんが本当に好きだったのは、ヒロトだから」

ヒロトと中林が、互いに違うニュアンスで「ああ」と吠える。

「けど、肝心のヒロトは八戸でライブだっていうし。そこで千英梨ちゃんは古村を利用して、ヒロトを捕まえ、ここまで運ばせるつもりだった。それは計画どおりに運んだんだけど――」

大福は島影の消えた暗い海原を見やった。

ヒロトが、前に云った言葉を繰り返す。

「おれは土壇場で、千英梨ちゃんに捨てられたんだ」

「違うよ」

汗でねっとりしたヒロトの髪をくしゃくしゃと撫で、ソフィアちゃんが云う。

「ヒロトは土壇場で、千英梨ちゃんに助けられたんだよ」

ひかり島の中で古村が無事でいる限り、島はもう海上に現れることはないだろう。

「おかげで、おれだちも助かったさ、なあ」

帆柱くんパパが、どこかきまり悪そうに云うと、集まった一同もやはりなんだか面目なさそうに「んだ、んだ」とうなずいた。

皆が三々五々引き上げた後、大福たちはヒロトと中林を連れて、駐車場に向かった。

受粉を終えたノウゼンカズラの花が、道のあちこちに落ちていた。

5

伏木プロダクションの社長室と応接室を兼ねる稽古場——つまり一部屋しかない事務所では、窓を閉め切ってクーラーを猛烈に稼働させていた。

社長の伏木貴子の吝嗇さゆえに、この事務所で冷房が使われるのは実にまれなことである。しかも、この日の社長は日ごろから愛用しているシャネルのエゴイストを、しこたまふりかけ、加えて簡易コンロでクサヤをあぶり、ドリアンの熟れた実を割っていた。

「くっさあい、部屋、くっさあい。説明できないにおいがする」

社長の一人娘・野亜は、事務所のドアを開けるなり悲鳴を上げた。

伏木社長が昼からヤケ酒を飲むという連絡を受け、大福がドリアンを、ソフィアちゃんがクサヤを持参した。

「どうして、ドリアンとクサヤなの？　なにかの攻撃？　それとも、なにかの修行？」

「わたしのエゴイストを消せるだけのものを、持って来させたのよ」

「だったら、香水をつけなきゃいいでしょ」

野亜はクーラーを止めて、窓を開ける。

伏木社長と大福、ソフィアちゃんでつくる円陣に加わり、ドリアンを食べ始めた。

「ドリアン、美味い」

野亜は涼しい顔でドリアンとクサヤを食べ続け、冷蔵庫からカルピスのペットボトルを取り出した。

「それで、なんのヤケ酒なのよ？」

「デイジーを、テイク・ワンに引き抜かれたんだ」

大福が答える。

「ええー？」

野亜が、目を剝いた。

テイク・ワンとは、伏木社長がライバルと目する東京の事務所だ。

テイク・ワンの社長は、かつて伏木貴子と同じ映画にも出演した俳優仲間だった。芸能事務所を興したのは、テイク・ワンの渋川が先である。

「口惜しい。ああ、口惜しい」

伏木社長が、うなっている。

俳優時代の人気の差から、どこか下に見ていた渋川藍助は、遅れて社長業に転じた伏木貴子よりも百歩も二百歩も先を行く業界人になっていた。

「ウソ、マジ、いやだ。ヒロト、もう居ないの？」

テイク・ワンがデイジーに目を付けていたのは、以前からだ。

それどころか、伏木プロダクションを吸収合併しようと狙っていたのである。

そんな折、デイジーのヴォーカルであるヒロトが、もう青森には住めないと云いだした。なくした恋の記憶が胸に刺さって、この土地では生きていけないと云うのである。そんな彼にとって、移籍の話は渡りに船——というよりも、失恋の傷から逃げるように、バンドごと東京に引っ越してしまったのだ。

「それは、ご愁傷さま」

野亜は部屋の空気を掃き出すように、新聞をうちわ代わりにしてあおぎ始める。その手をふと止めて、郷土のニュースを報じるページをめくった。

「そうそう、十字村で蜃気楼が見えたって、知ってる？」

ひかり島出現に関する記事が、青い森日日新聞の夕刊のすみっこに掲載された。

村民はしたり顔で、この村で蜃気楼が見られたなんてはじめてのことだ、いやはや珍しい、本当に珍しい、なんてコメントしていた。

大福たちも、こうして強烈な臭気の中でドリアンとクサヤを食べているうちに、十字村で起こったひかり島に関する顚末が、すべて空想のうちの出来事のように思えてきた。

ともあれ、書き割りのお笑いイリュージョンは、観客たちからなかなかの好評を得てはいたのだが、その事件以来、大福たちのステージでは見られなくなった。

第四話　降霊術

1

シロクマ大福に危機が訪れた。

両親が就活スーツを持って、アパートに押しかけてきたのである。

叔母の連れ合いの取引先の会社で営業職の欠員ができたので、大福をコネ入社させてやるという。

間の悪いことに、それは『青い森お笑いＰＫ戦』で大いにスベった翌日だった。

父と母が持参したのは、スーツやネクタイばかりではない。大福のステージの最前列で退屈そうにメールをしている女子高生の写真や、どこで手に入れたのか、寒々しい金額が記された伏木プロダクションの給与明細まで突き付けられた。

「大地ちゃん」

大福によく似た、顔の大きい、丸っこい体型をした母が大福の名を呼んだ。

北村大地。

どこやら演歌歌手として成功しそうな名前だが、それが大福の本名である。

「大地ちゃん、こんなので、働いていると云えるの?」

「おまえと同じ年の連中は、今このときも、額に汗して働いているんだぞ」

母が云えば、父も云う。

この父もまた、親の因果が子に報いたとしか云いようのない、丸くて大きい顔に、丸い体型、ぷくぷく太い四肢の持ち主だ。

「今はいいかも知れないわよ。だけど、このまま年をとったらどうするの。うちは、あんたの老後まで養えるほど、裕福じゃないんだから」

「昼間っから、こんなお笑いのＤＶＤなんか観て、父さんも母さんも情けなくて世間に顔向けができないよ」

確かに、そのときの大福は、レンタルしてきたお笑いタレントのＤＶＤを観ていた。ものまね芸人として、しかるべき研究のためである。

しかし、この明白な事実を両親は理解しようとしなかった。

そもそも、彼らの目から見れば、大福の芸はあくまでも遊びなのだ。自分たちの息子は、遊び暮らすために、居酒屋でアルバイトなどしてその日暮らしを続けているのだと思っている。ものまねは芸能の一ジャンルであり、れっきとしたエンタテインメントであるなどという理屈は通用しない。なぜなら、芸能もエンタテインメントも、大福の両親にしてみれば、遊びにカテゴライズされるだけだからである。

けれど世間には、芸能人という職業が確かに存在する。テレビをつければ早朝から深夜まで、茶の間をにぎわすために、さまざまな芸能人たちが才能を競い合っている。ラジオしかり、舞台しかり。

それを云ってみたところで、大福の両親は少しも納得しなかった。

「よそはよそ、うちはうち」

母は必殺の呪文を唱えると、持参した就活スーツを着せるために大福のジャージを脱がせにかかった。ここで抵抗すると、母は泣きだし、父は怒りだすという、まるで駄々っ子のような戦術に出られることを、大福は経験上知っている。

「あららら」

着替えた息子を見て、母は思わず笑った。

グレーの就活スーツは、横幅はぴったりだったが、袖丈とズボン丈が半端でなく余った。ズボンのほうは、『忠臣蔵』の松の廊下の芝居ができそうなくらいの長さだ。

「やっぱり、この子をお店に連れて行って、直してもらうんだったわねえ」

スーツを持って急襲するという作戦だったのだから、その仮定は成り立たない。そう思って仏頂面をする大福の肩やら尻やらを叩いて、母は彼から就活スーツを剝ぎとった。

「面接の日までに直して届けるから、あんたはこれでも読んでなさい」

借りていたＤＶＤの上に、『勝ち残る！　内定への道』やら『面接官が明かす、採る人・採らない人』といった本を積んだ。

縁故があるから採用になるのは決まっているが、なるべくスマートに立ち振る舞って欲しいと父が云う。

「面接は四日後の九月十日だから、準備万端にしておきなさい。お世話になった芸能事務所の社長さんや、居酒屋の四郎さんにも、きちんと退職願を出しておくんだぞ。立つ鳥跡を濁さず、だからな」

父はそう云って『勝ち残る！　内定への道』と『面接官が明かす、採る人・採らない人』の上に『加納商店株式会社／会社案内』という冊子を置いた。

＊

女装したおじさんが道を歩いている。

年のころなら五十過ぎ、背丈は大福よりも低く、やせ型というよりは貧相な体格だ。それだからこそ着られるのだろう、白いワンピースにピンクのボレロをはおり、ピンヒールのミュールでギクシャクと側溝の蓋の上を渡って行く。豊かな巻き髪は、どう見てもカツラだった。それがちょっとズレかげんなのも、おかしいというより痛々しい。

「ああ、フェミおじさんだ！」

クルマがおじさんとすれ違う瞬間、リアシートに座っていた野亜が高い声を上げた。

隣に腰掛けた大福と、運転席の伏木社長が「なに？　なに？」と視線を泳がす。

野亜はしっかり者の娘らしく、

「ママ、運転中にわき見しないで！」

と注意喚起してから、改めて後ろを振り返った。

「最近、あの人、うちの学校の近くに出没するのよ。どう見てもおじさんなのに、フェミニン系の服着てうろちょろしてるわけ。職員室でも有名になってて、警察に届けようかって話になったらしいんだけど、別に悪いことしているわけでもないから、様子見てるんだって。でも、あんまりおかしいからって、友だちが話しかけてみたら、バッグとかジュエリーのことにやたら詳しくて、キャピキャピしてるんだって」

「あんたらの世代も、キャピキャピなんて言葉を使うとは知らなかった」

伏木社長は感心したように云ってから、赤信号で止まるとさっそくルームミラーに目をやった。

「こんなことなら、大福に運転を頼むんだったわ。だいたい、社長のわたしが運転して、タレントのあんたがリアシートでふんぞり返ってるなんて変よ」

「ふんぞり返ってなんかいませんよ」

野亜と二人でからだごと振り返り、フェミおじさんを眺めながら大福が文句を云う。頭の中では両親が持って来た就職話がグルグル渦巻いていて、フェミおじさんのユニークな姿にも、今ひとつ興味が湧かなかった。

「新車だから、自分で運転したいって社長が云ったんじゃないすか」

「まさか、こういう珍しいものに行きあたるとは思わなかったもの」

ミラー越しにフェミおじさんを視界に入れ、社長はふくれっ面をする。

「うひゃー、皆うろたえてるねー」

道行く人たちは、あまりあからさまには直視できず、しかし無視もできずに、ちらちらとフェミおじさんへと視線を投げている。往来には、おじさんを中心にして、ぎこちない空気が流れていた。

「素人の女装って、やっぱり変てこりんなんだわ」

伏木プロダクションには、女装の麗人という芸で食べているソフィアちゃんが居るが、こちらはさすがにタレントだけあって麗人になりきっている。それに比べて、道を行くフェミおじさんは、ある意味タレントよりも目立っていた。

「ママ、信号、青、青」

「あら、はいはい」

伏木社長の新車はしぶしぶ左折し、その先にあるホテルの車寄せへと進んだ。

*

この日は、伏木社長が所属している新時代倶楽部という社交クラブの納涼会だった。

ホテルの広間を借り切って、二十名あまりの会員がそれぞれ家族を伴って出席するので、なかなかの盛会となる。

伏木社長は青森に居を定めて以来ずっと、この新時代倶楽部に籍を置いてきた。

金満家や経営者が集《つど》って慈善団体への寄付金の額を競い合う、嫌味な人たちの集まり——伏木社長自身、この社交クラブに関しては、そんな偏見を持ったままで自らも在籍している。

伏木社長の信じるところ、寄付金の額が会員のステータスとなっているのだから、吝嗇な彼女も他会員に後れをとるまいと、それなりの額を寄付していた。

——痛い、苦しい、寒いッ！

自分の身から金銭が離れてゆくたびに、伏木社長は身ぐるみ剝がれるようなつらい思いをするらしいのだが、それでも新時代倶楽部から離れようとしないのは、ここでつかんだ人脈が、きっと将来の仕事につながると信じているからに他ならない。

シロクマ大福が納涼会に連れて来られたのも、そんな仕事の一環だった。

伏木社長は、イベントには盛り上げ役が必要だと云い張り、こうした懇親会には必ず伏木プロダクションのタレントを出張させる。これはもちろん、寄付でもボランティアでもなく、きっちりと事務局から費用をちょうだいしている。

乾杯と長い挨拶、会員の寄付実績の報告の後、大福は壇上に招かれた。

「それでは、シロクマ大福さんのものまねショーをお楽しみください」

テーブルには会員の子どもや孫から、親や祖父母まで、さまざまな年代の人たちが集っている。その全員を楽しませるのだから、大福も肩に力が入った。

まずは菊人形柄の背広を着て、菊人形の真似。

これはなかなかにウケたが、本番に入る前の小手調べといったところだ。

大福は持参したウクレレをビョンビョンと弾いて、呪文を唱え始めた。

「これはこのよのことならず。しでのやまじのすそのなる。さいのかわらのものがたり。きくにつけてもあわれなり――」

いざ繰り広げようとしているのは、大福が得意とする、イタコおろしという芸だった。

イタコの口寄せ（降霊術）が今よりずっと盛んだった頃、漫談芸人たちが霊の憑依《ひょうい》する様子を真似たのが、イタコおろしという芸である。

コテコテの津軽弁で、本物のイタコよりもちょっぴりだけおかしいことを云うのが、この芸のキモだった。近しい死者の霊魂が降りて来たというシチュエーションで、本来ならば泣く場面なのに、笑わせてしまう。けれど、標準語に替えてみれば、さほど面白いことを云っているのでもなかった。むしろ、グロテスクだったり、悪趣味だったりした。それなのに、きわめてディープな津軽弁で語られるささやかなユーモアが、なぜだかむしょうにおかしいのだ。

イタコの口寄せが実生活から遠のいてゆき、津軽弁のむかしながらの云い回しが若い世代に通用しなくなるにつれて、イタコおろしという芸も過去のものになっていった。

それを敢えて復活させた大福のイタコおろしは、本来の芸とは違って、現代落語のような色合いが加わっている。

「病院のベッドで、われながら急変しちゃって息を引き取ってみたら、驚いたよね。天井の辺りまでプカプカと浮かんでいくわけよ、おれの霊魂が。ちょうど、うちの嫁さんが、見舞いに来てくれていたんだけど、ドジだね、こいつは、ダンナがご臨終だってのに居眠りしてんだから」

ビョンビョンとはじくウクレレは、イタコの梓弓《あずさゆみ》の代わりである。

「おれ、嫁さんのことを上から眺めてたわけ。ああ、今までありがとう、これからは未亡人になるけど、しっかりしろよ、再婚なんかすんなよ、いや、してもいいけどさ……。だけど、なんだね、こうしてみると、美人だよね、うちの嫁――なんて思っていたら、嫁さんの口からフワァッと出てきたのさ。なにがって？　魂だよ、霊魂」

ウクレレがビョンビョン。大福はそのリズムに合わせて跳ね踊っている。

こうして芸に熱中していると、加納商店株式会社のコネ就職の話も頭から抜け落ちて、ようやく気持ちが晴れてきた。

「うちの嫁が居眠りしてて、口からフワァッて霊魂が……。そんとき、ちょうど死んじゃったおれが、フワァッとからだから抜けて、天井から見ていたわけだ。そしたら、嫁の霊魂が間違ってフワァッと、おれのからだに入ったんだもの、びっくりしちゃったよ。ね、ね、大変でしょ？

　おれは本当にあせって、嫁の腕をつかんで揺り動かそうとするんだけど、無理なのね。ほら、おれって霊魂だから。スカスカに通り抜けちゃうんだわ。だから、しょうがないや、そのままフワァッと嫁の口から入り込んで、おれのからだを揺すってみた。ユッサ、ユッサ、ユッサ、ユッサ――」

　ユッサ、ユッサに合わせて、大福の踊りが激しくなる。

　イタコの梓弓を真似たウクレレの音色も、さらに高く響いた。

　客席の視線がただ一点、大福一人に集まった。

「そしたら、おれのやつ、目を覚まして云うんだよ『なによ、あんた』ってね。『なによ、あんた、じゃないだろー』って……嫁が云うし。あれれ、おれが嫁さんに、嫁さんがおれになってるよ――」

　大福の芸は最後まで大いにウケて、拍手喝采をもらった。

　まん丸い頬を輝かせて、大福はお辞儀する。

　やはりこの拍手こそが生き甲斐だと思うにつけ、両親の持って来たコネ就職の話が、ますます空虚なことに思えてきた。

（いや、そんなことは、後で考えよう。今は仕事に集中、集中）

ウクレレを片手に、まるでオーケストラのコンサートマスターみたいにうやうやしい会釈をして、大福は再び客席を見渡した。

お客の一人一人が壇上の大福と同じほど笑顔を輝かせていたから、たった二人だけ仏頂面で居るのが、やけに目立っていた。

後で知ることになる仏頂面の二人の名は、郷坂《ごうさか》りつ子と郷坂志保理。菓匠・故郷堂の隠居とその孫娘である。

2

イタコおろしのテンションがそのまま乗り移ったかのように、納涼会は盛り上がった。

大福は何人かの貫禄ある紳士と名刺交換をして、その後ろからちょこちょこ付いて来た孫やじいさん、ばあさんたちと握手をする。

なかなかの人気で、行列ができた。

その最後尾に居たメタルフレームのメガネの女性に手を差し伸べたら、「わたしは、いいから」と云って遠慮された。

けど」

「おたくの社長さん、どこに行ったのかしら。タレントの出張料のことで、相談があるんだけど」

メタルフレーム女史は、新時代倶楽部の事務局の人間らしい。愛想笑いは浮かべていたけど、あまり機嫌が良さそうではなかった。

「喫煙室かも知れません」

大福はそう云って、このホテルには喫煙室がないことを思い出した。いったん外に出ると、建物の脇にぽつんと灰皿が置かれて、そこが喫煙所になっている。喫煙者が少ないのか、ホテルの利用者が少ないのか、そこで煙草を吸っている人を見掛けたことはなかった。

「連れて来てもらえません？」

メタルフレーム女史は、やわらかな命令口調で云った。

断わる理由もないので、大福は素直にうなずいて会場の広間を出る。

壁に地元画家の作らしい静物画がかかったきりの、どこか殺風景な廊下を進む間、だれともすれ違わなかった。エスカレーターが設置された建物中央で、はじめて人の気配がする。

それは、怒気をはらんだ穏やかならぬ気配だった。

「そんな、勝手に決め付けないでよ！」

高校の制服を着た女の子が、両親と思しき大人二人を相手に逆上している。彼女の制服は、伏木野亜が通っているのと同じ、市内にある私立女子高のものだ。

(なんだ？　どうした？)

野次馬根性が湧いて、大福はわざとらしく歩調をゆるめて近付いた。

高校生は、大福の芸を見て笑わなかった郷坂志保理だった。

(おれのイタコおろしでウケなかったから、叱られているのかな)

そんなわけないって——。

大福がのんきなことを考えているうちに、親子ゲンカは急に過熱した。

「お父さんになにが判るっていうのよ！」

そう云ったとたん、そのお父さんの手が女の子の頬を打つ。

ビッターンッ！

静かな廊下に、平手打ちの音が仰天するほど大きく響いた。

大福は反射的に立ち止まり、今まさに修羅場の中にある家族を見る。

自ら起こした体罰の音鳴りと、思いがけぬ部外者——大福の視線を受けて、父親は全身を硬直させていた。母親は、右へならえ、である。

「あ」

打たれた志保理だけが、止まった時間から抜け出すように、その場から一目散に駆けだした。

「ああ」

郷坂志保理の両親は、娘の背中を追いすがるように見て、大福の顔を見て、また娘が走り去ってしまったがらんどうの廊下を見つめた。

次の瞬間、恨みがましい二対の目が、大福を睨み付ける。

このまま、ここにとどまったらこちらまでが平手打ちを食いそうな心地がして、大福はそそくさと屋外の喫煙所に急いだ。

＊

納涼会が終わった後、伏木社長とシロクマ大福は、郷坂りつ子の屋敷に招かれた。

大福のイタコおろしを見て笑わなかった、もう一人の人物だ。

りつ子は、明治時代に菓匠・故郷堂を創業した初代店主の孫娘である。

故郷堂といえば、今でも地元の人間にとって手土産の定番であり、そんな老舗《しにせ》の隠居が一人住まいする屋敷には、世間の雑音を一切シャットアウトした静謐《せいひつ》な空気が流れていた。

前庭から飛び石をわたり、縁側へと向かう。

二人を案内するのは、りつ子の次男の妻・郷坂明美だった。

次男の真次がつい先ごろ急死したことを、伏木社長が大福に耳打ちする。

まだ三十三歳の若さで、なんの予兆もないまま心臓発作で倒れたきり、逝ってしまった。

「あんたも気を付けなさい。若くても、ぽっちゃりしてんだから」

「社長だってお年ごろですから、ご自愛ください」

「なんですって」

内緒話が思いのほか大きく響いたのか、前を行く明美がこちらを振り返った。

「…………」

「ええ——ええと。バニラのかおりがしますね。故郷堂さんでは、洋菓子にも手を広げるのかしら」

そのバニラのかおりをかき消すような、シャネルのエゴイストを芬々《ふんぷん》とさせて、伏木社長が強引に微笑んだ。

次男の未亡人である明美は、しんなりと笑う。

「いいえ。夾竹桃《きょうちくとう》がかおっているんですよ」

指さしてみせる生垣には、赤い花がぽつりぽつりと開いていた。

「おいしそうなにおいがするんですねえ、夾竹桃って」

「ええ」

明美が、悲しそうにうなずいた。

大福は納涼会で披露したイタコおろしが、実はひじょうに間の悪いものだったと気付き、今さらながらにヒヤリとする。故人はこの家のあるじである郷坂りつ子の次男なわけで、りつ子が笑わなかった理由も、これで解けたというものだ。

つまり、この呼び出しは、大福の芸に苦情を云うためのものか。

同じことを同じタイミングで気付いたらしい伏木社長の横目が、ジロリとこちらを見た。

(わたし、知らないわよ。あんたのせいよ)

(そんな――)

大福たちが視線で会話していた折も折、明美がイタコおろしの芸について話しだしたから、大福は飛び石の苔《こけ》にすべって転びそうになった。

「義母《はは》が、大福さんのイタコおろしが大変に気に入ったらしく、ぜひとも本人にお会いしなければと云うものですから。お忙しいところ、ご足労いただいて、本当にすみません」

「お忙しいなんて、とんでもございません」

大変に気に入ったとは、ひどく遠回しな云い方をするものだ。大福はひっくり返った声で答え、もう一度、飛び石の苔ですべった。

＊

「伏木社長のお嬢さんは、孫の志保理と同級生だとか。ここには連れて来なかったの？」

縁側の籐椅子に腰をおろした郷坂りつ子は、明美が用意した水ようかんと冷茶を、手振りですすめた。

「野亜は納涼会の後、先に帰りました。アルバイトがあるもので」

「若いうちに世間にもまれて働いてみるのは、いいことです。志保理にも、見習わせたいもんですよ」

「いえ、うちの子なんて、本当に生意気で手に負えませんで、はい」

社長は、ひたすら平身低頭の構えだ。

大福に至っては、今にも落ちて来る雷に備えようと、亀みたいに首を縮めている。

ところが、りつ子の顔に怒りが現れる気配はなかった。それならば、涙ながらに大福の無神経な芸をなじるのかと思っていたら、案の定、りつ子は膝に置いたハンカチで目をぬぐう。

「こちらのシロクマ大福さんのイタコおろしを拝見して、わたし、深く思うところがありました」

（どうしましょう、社長）

（あんたが悪いのよ、この無神経男）

伏せた視線で会話する二人の上から、まるで予期できない言葉が降ってきた。

「あなたに、亡くなった息子の魂を降ろして欲しいのです」

「は？」

大福と社長は、きょとんとした顔を見合わせた。

この老婦人は、大福の芸を見て、本当に死者の霊魂が降りて来たと思い込んだらしかった。それならば会場の皆が爆笑するはずがない――だとか、大福のふるまいはどう見たってお笑い芸人そのものだったではないか――などという理屈は、どうやら高齢の郷坂りつ子には通用しないようだ。ひたいの真ん中に一本、きりりと浮かんだ血管が、この人物の頑固さを物語っていた。

「どうか、あなたたち。年寄りのわたしを助けると思って、願いを聞いてください」

「ええと……あのですね」

社長はアイメイクの濃い両目を思案気に動かし、りつ子の気持ちが傷つかないように言葉を選んで説明を試みた。

「あの――まことに申し上げにくいんですけど、このシロクマ大福は、単なる、ものまね芸人なんでございますよ。先ほど納涼会でご披露申し上げたのも、イタコおろしという芸でございまして、しかも本筋のイタコおろしの芸とはかけ離れた亜流も亜流、一人芝居みたいなものですから。間違っても、亡くなった人の霊魂なんか、これっぽっちも降りて来てなんかいないんですから。ほんの、ものまねなんですから」

「いいえ。いいえッ」

りつ子は興奮気味に、胸を押さえながら云った。

「わか——若い人の目には判別がつかないことも、年寄りには判ります、判るんです。この人の口寄せは本物だと、わたしにはピンときました。ですから、ぜひとも、亡くなった次男を呼んで言葉を聞かせてもらいたいんですよッ」

このまま大福たちが固辞し続けたら、りつ子は発作でも起こしかねない様子である。

大福たちが困り果てていると、台所のドアの後ろから、郷坂明美がチョイ、チョイと手招きした。もしも大福が本当に死者の口寄せができるなら、だれよりそれを聞きたいはずの未亡人は、しかしさすがに高齢の義母と同じことは云わなかった。

「いつものまま、演じていただければいいんです。それで満足するんです」

明美は、声をひそめて云った。

りつ子は高齢で心臓も弱っているから、できる限り逆らわないようにしているらしい。そんなりつ子のたっての願いだから、どうかかなえてやって欲しいと云うのである。

「どうしましょう、社長」

「明美さんが、そうおっしゃるんでしたら――」

縁側に据えた籐椅子の上で、興奮気味に手を組んではほぐすりつ子を眺め、伏木社長はとがったあごで小さくうなずいた。

「これからチャッチャと済ませて、おいとまいたしましょう」

「いえ、今日は本人もだいぶ興奮して疲れておりますので、日を改めていただけないでしょうか。もしも、差しつかえなければ明日にでもまた……」

「どうしましょう、社長」

大福はおろおろするばかりである。

伏木社長は、大福に向かって「頼んだわよ」と真顔で云った。

「判りました」

＊

居酒屋・丸太のカウンターには、女装の麗人ソフィアちゃんと、マジシャンで占い師のクロエが並んで、大福の焼く串を眺めている。

大福は慣れた手つきで串を返すと、焼き上がったつくねを一串ずつ、二人に差し出した。

「どう、思う？」

郷坂りつ子の無理な願いについてひとしきり語った後、大福はそう結ぶ。

「社長命令だから、従うよりないよ」と、ソフィアちゃん。

クロエは「そう、そう」と云って、つくねを頬張った。

「おばあちゃんの健康を考えれば、逆らわないほうがいいんでしょう？　だったら、やるしかないじゃない。さいわい、お嫁さんも承知の上のことなんだし」

「それよりも、問題なのは大福の就職だろう」

ソフィアちゃんは温《ぬる》くなったビールを飲んで、ちょっと顔をしかめた。

「なんて会社だっけ？」

「加納商店株式会社」

「そこって、どういう仕事してんの？」

「農産物の卸小売り業。野菜や果物を売る会社なんだって」

大福は重たい口調で答えた。

「それで、大福はどうするんだよ。ものまね芸人から足を洗っちゃうわけ？　親父さんが云うみたいに、丸太や伏木プロダクションに退職願を出しちゃうわけ？」

「丸太や伏木プロダクションて——丸太のことを、伏木プロダクションより先に云ってくれるあたりが嬉しいね、ソフィアちゃん」

厨房で聞いていた四郎さんが、ソフィアちゃんの前に新しいジョッキを置いた。それからカウンターの二人と同じ目つきで、大福の顔をのぞき込んでくる。

「コネ入社と決まっているにしても、面接から始まるんだろ。そりゃ、つまり、おまえに就職する意思があるかないか、向こうも見極めたいってところなんだろうな」

「そりゃあ、就職はしたくないっすよ」

大福は駄々っ子のように口をとがらせる。

しかし、両親が大福の現状を見て、就職の世話を焼きたがるのも無理のないことだとは承知していた。大福のものまね芸は生活を支えるだけの稼ぎがないのだから、趣味の域を出ないと決め付けられても、文句は云えない。

(親のすねをかじっているわけじゃないけど)

食べていけない本業を支える丸太でのアルバイトも、その本業のために出欠は不規則になってしまう。そんな点でも、大福の生活は周囲の大人——四郎さんへの甘えの上に成り立っていた。

「おれは最初から、おまえの芸ごと、おまえを抱え込む気でいるから、その点は甘えてもらっていいよ」

四郎さんは自分のグラスでビールを飲んだ。

「おれだって就職したことはあるけどさ、勤め人の生活が自分に合わないと思って一年で辞めたわ。そこから紆余曲折あって、結果的にこうしてささやかな店を持てたわけだけど、そりゃあもう、楽な人生じゃなかったね。

もしか、神さまか悪魔が現れてさ、もう一回若返らせてやるとか云われても、若いころの苦労はもう二度としたくないから、謹んでお断わりするよ。人生のレールを踏み外してみるって、レールどおりの人生の何倍も苦労する覚悟あってのものだ。大福も芸人として苦労する気がないなら、若いうちに就職するよりないよなあ」

「そんな」

もくもくと煙を上げ始めた串を慌てて持ち上げ、大福は情けない声を出した。

四郎さんは、そんな大福を見て笑っている。

「悩め、悩め、ザマぁみろ」

「そんな」

「おれは今までいろんな人の世話になったから、今はこうしておまえを背負い込んでるわけだ。だから、おれのところに居る分には、別に遠慮なんかしてくれなくていいんだよ。おまえもいつか、阿呆を一人背負い込んだらいいだけのことだ」

「くーッ。四郎さん、カッコいい。惚れる」

クロエが両手に割り箸を持って、木琴を弾くみたいに皿を叩く。それから大福を手招きして、手相を見せてみろと云った。

「大福みたいに運命線が月丘《げっきゅう》から伸びている人は、親よりも他人の支援を受けられるのよ」

「運命線って、どれ？」

「中指に向かって、真ん中に伸びてる線。月丘ってのは、小指側の下のぷっくりしてるところ。大福の手って、ぷくぷくしてるから、手相が見やすいねえ」

それからしばらくクロエの手相談議が続き、一同の運勢を順繰りに診断してから話題は大福のことにもどった。

「大福自身が、ものまねを男子一生の仕事と思えないのなら、ここいらで見切りをつけるのも仕方ないのかも知れない」

そう云ったのは、ソフィアちゃんである。

女装の麗人ソフィアちゃんの口から「男子一生の仕事」と云う言葉が出るのは奇妙な感じだが、ソフィアちゃんの女装は女性好きが高じた結果のことで、オネエなわけではない。

(あのフェミおじさんは、どうなのかな)

社長のクルマの中から見た、白いワンピースのおじさんのことを思い出した。まるで似合わないフェミニンな格好をしていたが、ある意味ソフィアちゃんと似た空気がないでもなかった。

(あのおじさんは、ただ単純に女装が好きなだけなんじゃないかな)

ともあれ、プロの女装家であるソフィアちゃんは、全国ネットのトーク番組に「女心のご意見番」としてレギュラー出演なんかしている。その点、地元限定のタレントである大福に比べたら、仕事の厳しさも面白さもよく心得ているのだろう。そんなソフィアちゃんの口から出る言葉は、厳しいにしても優しいにしても重みがある。

「だけどさ、大福」

耳を傾けていた四郎さんは、ビールの残りを一気に飲み干した。

「おまえが受けたくないと思っている面接をさ、本気で受けたがっているやつが居ることは忘れるなよ。おまえが入りたくないって思う会社に、本気で入りたいってやつも居るってこと、忘れるなよ」

「四郎さん、それ、就活ナメんなってこと？」

「そうだね。大福には向かないかも知れないけど、その加納商店株式会社に向いているやつだって居るってこと。おれらのゴタクなんて、そいつに云わせたら、ふざけた云いぐさだろうよ」

「結局、おれが悪いんですか」

いじける大福を見て、三人そろって「ブーッ」と云った。

「芸と心中する覚悟もない芸人を、だれが観に来てくれると思う？」

ソフィアちゃんのそのひとことが、この日の一番苦い薬となった。

3

芸と心中する覚悟もない、そんな大福の芸を、郷坂りつ子は心待ちにしていた。

昨日のうちだと、興奮しすぎて健康に障るからと一日待ったが、結局のところ、りつ子は待ちわびて眠れない一夜を過ごしたという。

「ここが一番、涼しいですよ」

大福は縁側に通される。

そこから見える庭の眺めは、しんとして美しかった。

庭から入り込む風に、夾竹桃の甘ったるいかおりが混ざっている。

「何度も足を運んでいただいて」

次男の嫁の明美が、座布団を持って現れた。彼女はこの家から少し離れたところに住んでいるそうだが、早くから来て大福を待っていたのである。

りつ子の外出や病院通いも、いつも明美が付き添っているという。

「わたしには、他にできることもありませんから」

明美は、ひっそりと微笑んで顔を上げる。

「真次さんの、お母さんですから」

亡くなった真次につながることなら、なにもかもが大切なのだと明美は云った。

その心根が、ソフィアちゃんの云った覚悟というものかと思い、大福は感動する。

縁側と隣り合う座敷の違い棚に、中年と呼ぶにはまだ少し若い、やせた男のスナップ写真が飾られていた。アウトドア派らしい日よけのある帽子をかぶり、捕虫網を持って、肉のうすい頬を輝かせている。

一緒に写っているのは、郷坂志保理だった。昨日の納涼会で場外親子バトルを繰り広げていた、あの女子高生である。

（そっか、この二人は叔父と姪なのか）

昨日、娘に平手打ちを食らわしていたのが、故郷堂の社長で、故人の兄にあたることを、大福は今さらのように認識した。

「真次は故郷堂の専務取締役をしていましたが、あの子は本当は昆虫学者になりたかったんです。こんなに早く亡くなるのなら、もっと好きなことをさせてやればよかった。本も出しているんですよ。しかも、地元の本屋さんのお世話で、インターネットの通信販売もしているんですから。──わたしには、なんのことやら判らないんだけど」

そんなことを云うりつ子は、ちゃっかりとノートパソコンを持ち出して来て、郷坂真次が自費出版したという本を大福にも一冊買わせた。

ノートパソコンを置いた横に、段ボール箱に入れられたバービー人形の小山がある。大福が珍しがっていると、りつ子はこれも真次の形見だと云った。

「息子さんが、こんなにもバービー人形を?」

ドン引きした腹の内を明美に読まれたらしく、お互いに慌てて目をそらす。

りつ子はそんな二人には構うことなく、真次の幼少時から続いた少女趣味を誇らしいことのように話し、明美がさりげなく口をはさんで話題を変えた。

「では、さっそく大福さんにお願いしましょうか」

それがいい、と大福も思う。

先方が望んでいることとはいえ、年寄りをだまして降霊術の真似ごとをするのだ。そんな気の重いことは、さっさと終わらせてアパートに帰りたい。

大福は持参したウクレレを構えると、古風な節回しで歌い始めた。

「これはこのよのことならず。しでのやまじのすそのなる。さいのかわらのものがたり。きくにつけてもあわれなり――」

ビョンビョンと、弦を弾く。

納涼会でしたように飛び跳ねて踊るわけにはいかないので、大福は盛大に上体を揺らした。頭から血が下がったのか、視界が白くなった。いつもの慣れたセリフを云おうとした口が、ぱかりと開いたままで動かなくなる。

目の前に、庭の風景が広がった。

けれど奇妙だったのは、そこが郷坂家の庭ではなかったことだ。ただし、郷坂りつ子の庭と同じく、その場所にも赤い夾竹桃が咲きこぼれていた。バニラに似た甘いにおいが、風に乗って吹き付けてくる。そんな見知らぬ庭に放り出された大福は、別の人間になっていた。

目に映る自分の手足が、骨ばってやせている。

慌てた大福は、プラスチックの小さなバケツをのぞき込んだ。

その小さな水鏡に映ったのは、ぷっくりしたシロクマ大福の顔ではなかった。郷坂りつ子の座敷に飾られていた、スナップ写真の男——郷坂真次なのである。

(てことは、つまり——つまり?)

イタコの口寄せが、成功してしまったということなのか!

(マジ? なんで?)

あせる大福にはお構いなしに、郷坂真次は夾竹桃の赤い花が浮かんだバケツから目を離すと、ゆっくりと顔を上げた。

緑色の大きな蝶が一頭、舞っていた。

蝶々を一頭二頭……と数えるのはなぜなんだろうと、大福は思う。

蝶にまとわりつかれながら、三人の女の子が立っていた。

一人は笑っていて、もう一人は泣いている。残りの一人には顔がない——のっぺらぼうだった。笑っている子と泣いている子は、同じ顔をしていた。のっぺらぼうの子どもと合わせて、三つ子なのだろうかと、大福=郷坂真次は思った。

夾竹桃が咲いているから、季節は現実と同じく夏なのに、背筋がゾクゾクする。

怖いのだ。

三人の女の子たちが、理屈抜きに、ただもう怖くてたまらないのだ。

笑う子がなにを笑っているのか、泣いている子がなにに泣いているのか、その答えを探してはいけない気がした。同時に、その答えが簡単に胸の中で花開いた。

この女の子たちは、大福＝郷坂真次が死んでゆくのが悲しくて泣いている。同時に、じたばたと命乞いするのがおかしくて笑っているのだ。

のっぺらぼうの子どもが、泥団子を差し出してくる。

それをぐいぐいと大福＝郷坂真次の口に押し込んでくる。

「――ッ」

大福＝郷坂真次は、子どもが相手だというのに、少しも抵抗できなかった。

小さな手のなすがままになって、泥団子を食べて、バケツの水を飲んだ。

大福＝郷坂真次はじたばたと命乞いした。

笑っている子は、そんな大福＝郷坂真次の様子がおかしいと云ってさらに笑い、泣いている子は、大福＝郷坂真次が可哀想だと云って泣きじゃくった。

大福＝郷坂真次は、泥団子をのどにつまらせて死んでしまった。

郷坂りつ子宅の縁側で、イタコおろしの芸を披露していたシロクマ大福は、ウクレレに合わせて調子良くリズムをとるうちに、ゴロリと板の間に倒れた。

＊

翌日、大福は説明のできない心霊体験（？）から回復して、伏木プロダクションに顔を出した。ちょうど、代金引換の宅配便が届き、冴えない心地で財布を取り出す。昨日、郷坂りつ子に無理やり買わされた『蝶たち、その優雅なるいとなみ』という自費出版の本だった。

今は亡きその著者は、昨日、どうしたわけかお笑い芸であるイタコおろしで、大福の体に降りて来た。本物のイタコがするように、大福が霊を降ろしてしまったのである。

「ねぼけて、夢を見たんじゃないの？」

扇子で首筋をあおぎながら、伏木社長がかったるそうに云った。

客用のテーブルでカードマジックの稽古をしていたクロエが、眉間にしわを寄せる。

「もしも本当に霊が降りて来たのなら、ホトケ送りもきちんとしなくちゃ」

「ホトケ送りって、なんだ？」

「イタコは霊魂を降ろした後、かならずあの世にもどす儀式をするの。じゃないと、幽霊がこの世をウロウロすることになるじゃない」

「それは、一理あるわ。借りたものは返す、呼んだものは帰ってもらう。プラスマイナス、ゼロ。売掛け帳と一緒だわね」

社長は云って、大福に鋭い視線をくれた。

「そんなの知りませんよ。おれがしたのは、お笑い芸のイタコおろしであって、イタコの口寄せなんてできるわけなかったんですから」

「でも、できてしまったわけね。――ねえ、クロエ。ホトケ送りをしないと、どうなるの？」

「霊障が起こります。平たく云うと、霊的なトラブルが発生するんです」

「そんなあ」

大福が丸い頬をますますふくらませたときである。

伏木プロダクションのドアが、勢いよく開いた。

見たことのある男女が、目を怒らせて事務所を見渡している。

その一方を目にとめ、大福は思わず短い声を上げた。昨日、大福のイタコおろしで降りて来た郷坂真次が居たからである。

しかし、よくよく目を凝らすと、新来者は郷坂真次ほど若くなく、体型もいささかずんぐりとしていた。なにより険のある顔立ちが、郷坂真次とは違っている。

そう思ったとたん、大福はこの男女に見覚えがある理由が判った。

納涼会の途中で、親子ゲンカをしていた郷坂社長夫妻だ。

（なるほど、似ているわけだ。郷坂真次とは兄弟なんだもんな）

ホテルの廊下で垣間見てしまった怒気そのままに、郷坂真次の兄——故郷堂の社長である郷坂和臣は、足音高く伏木社長のデスクまで進み出た。

「伏木社長、責任をとっていただきたい」

郷坂和臣は開口一番、そんなことを云った。

「責任、とは？」

伏木社長は、口角だけつり上げて儀礼的な微笑みを浮かべた。

郷坂和臣は、社交辞令的な素振りなど一切省略して、云いたいことだけを云った。

「娘の志保理が家出をしたんだ。それもこれも、あそこに居る、おたくのタレントのせいなんですよ」

「え、おれ？」

人差し指で射貫くように示したのは、大福のふっくらと丸い顔だった。

「一昨日、納涼会のさなかに、志保理がわたしたちに反抗をして、見苦しいことになりましてね」

廊下に連れ出して説教をしていたら、思い余って娘の頬を打ってしまった。

その場面に、大福が居合わせたのである。

「あんな見苦しいところを見られて、わたしたちは、どうしていいか分別がつかなくなっていた。そのときに、やはり正常な判断を欠いた娘が、飛び出して行ってしまったんだ」

「え？　あれ以来、お嬢さんは帰っていないんですか？」

驚く大福に、郷坂和臣は刃物のような視線をくれた。

「今さら無責任なことを云うんじゃないッ」

郷坂和臣は、ものすごい上から目線で一喝した。

客用のソファからカードを片付けて、こっそりと近づいて来たクロエが、大福の耳元で
「ほら、霊障だ」と云ってトイレに避難する。

「ともかく、この男のせいで、わたしたちは志保理を追いかけることもできなかったわけだから、娘の失踪の責任をとっていただきたい」

「そんな責任はとれませんが――」

伏木社長は「パチン」と音をたてて扇子を閉じると、郷坂和臣のほうへゆっくり歩み寄った。

「若いお嬢さんが連絡もなしに家を空けているのを、知らんふりなどできません。こうして

助けを求めて来られたのですから、わたしたちもできるかぎりのお手伝いをします」

「勘違いしてもらっては困る。われわれは助けを求めて来たのではなく――」

「そうなんですか？」

舞踏家がするように扇子を開いて、伏木社長は芝居がかった所作で風を起こす。ダイヤらしきペンダントが、ブラインド越しの陽光を受けて、ギラリと光った。

「そちらの云い分が道理にかなっていないことくらい、ご自分でも判ってらっしゃるでしょう？　ここでケンカを売って追い出されるか、わたしたちの助けを受けるか、ご自由に選択なさってくださいな」

伏木社長はバッサバッサと扇子であおぎ、エゴイストのかおりを部屋中に振りまいた。

＊

放課後、事務所に直行した伏木野亜は、あらかじめ電話でリクエストしていたシュークリームを、ご満悦の体《てい》で頬張った。

「美味いね。勉強で疲れた脳にしみわたる」

「そんなに勉強なんかしてないでしょう」

母親に茶々を入れられて、野亜はツンととがった鼻さきを上に向けた。

「郷坂志保理さんね、クラスは違うけど、同じ学年だよ。一年のときは、同じクラスだった。すんごく変わった子だけど、いじめられっ子ってのとは違っていた。そういうのを超越した感じ。虫が好きでね、特に蝶々が大好きなのよ」

野亜は言葉を切ると、紅茶を淹れるために電気ポットのほうに行った。自分専用のマグカップにティーバッグを入れると、その場所から話を続ける。

「確かに、一年のときにいじめっ子がちょっかい出したことはあったわ。郷坂さんの背中に、ゴキブリを入れたやつが居たの。『虫が好きなんでしょう？』とか、たちの悪いことを云ってね。

そしたら、郷坂さんは平然と背中に手を入れて、ゴキブリを取り出したのよ。これがまた、特大のやつなんだわ。郷坂さんは、そのゴキブリを庭に逃がしてやった。見ていたら、あんまり腹が立ったんで、わたし、そのいじめっ子に往復ビンタ食わしてやったら、学校に親が呼ばれました」

野亜は二つ目のシュークリームに手を伸ばす。

社長が「ああ、ああ」と懐かしそうに手を打った。

「はい、はい、呼ばれました、呼ばれました」

「そんなだから、郷坂さん、友だちもできなくて、今だってお昼も一人で食べているそうだよ。虫の本を見ながら、食事しているんだって」

野亜は、大福が読むでもなくぱらぱらとめくる『蝶たち、その優雅なるいとなみ』を目で示す。

「そんな郷坂さんなんだけど、少し前から彼氏ができたみたいなんだよね。時たまメールが来て、それこそデレデレした顔で携帯を見てたそうだから。……なんていったかなあ、虫好きの人が集まるネットコミュニティに入ってたから、学校で友だちができなくても平気だったみたい。彼氏も、そんな虫好きのだれかなんじゃないのかな」

郷坂志保理がこのネットコミュニティに所属しているというのは、野亜が志保理本人から聞いた話だった。いつかいじめをかばってくれたので、顔を合わせればこんな打ち明け話もする仲だったようだ。

「そのネットコミュニティの名前、覚えてる？」

クロエが訊く。

「うーん――コンチクショーッみたいな感じだったような」

野亜は人差し指をあごに当ててしばらく考えていたが、急に思い出したように顔を上げた。

「思い出した、思い出した。キョーチクトー……スズメを求める会とか云ってたわ」

キョーチクトーとは郷坂りつ子宅の庭で咲いていた夾竹桃のことである。

志保理が所属するネットコミュニティは、夾竹桃雀という蝶をシンボルにして、虫好きたちが集まったのだとか。

「じゃあ、志保理さんは、そのネットコミュニティの彼氏のところにでも居るのかもよ」

＊

その夜の帰り道、大福はクルマに轢かれかけた。

遊歩道わき、人通りのない狭い通りで、白いセダンが急にこちらにハンドルを切ったのである。

大福は慌てて身をひるがえし、遊歩道を仕切るガードレールの内側に飛び込んだ。

民謡の所作を真似るため、普段から津軽手踊りの稽古などをして、足腰を鍛えていたのが幸いした。

大福が意外な敏捷《びんしょう》さで遊歩道の植え込みの陰に転がり込むと、問題のクルマはいったんはブレーキを掛けたものの、そのまま走り去った。

夕刻はとうに過ぎ、辺りは暗かったのに、クルマはライトを灯していなかった。

4

郷坂真次の霊障ではあるまいが、トラブルがたて続けに起こった。

そうはいっても、翌朝の事件は物騒なものでもないし、渦中に居たのは大福でもない。

いつぞやのフェミおじさんが、野亜の通う女子高の生徒たちにからまれていたのである。

いや、最初はおじさんのほうが、女子高生にからんでいた。

ミニ丈のドレスに厚底ブーツ、栗色のストレートヘアに、ドレスと同じ色合いの帽子をかぶったフェミおじさんは、顔さえ見なければ、立派なギャルそのものだった。

その完璧さゆえ、猿に似たおじさん顔が無残なほど際立っている。

しかも、あろうことか、おじさんはその姿で女子高生の列に突っ込み、己のファッションをアピールし始めたのである。

アピールとはいっても、どこの美容室に行ったとか、どこで服を買ったとかと話しかけるのではない。ボディービルダーが筋肉を光らせてポーズをとるように、フェミおじさんはいたいけな女子高生たちの前で、「てへ」とか「うふ」とか、可愛い（実際には不気味な）所作をし始めた。

たまたま同じ方角へ向かっていた大福は、その光景を唖然と見ていた。

女の子たちが、キャーキャー行って逃げたりしているうちはよかった。そのうち、ちょっとばかり迫力のある一団に対してまで、フェミおじさんは挑みかかってしまったのである。

「なに、このじじい」

見た目は他の子と同じ可愛い巻き髪の女の子が、煙草を吸いすぎたようなかすれ声で云った。

「えーいッ」

色白のビスクドールに似た女の子が、ドシンとおじさんの肩を押した。

油断があったのか、フェミおじさんは女の子の細腕に簡単に転ばされてしまった。そのまま可愛らしい小鬼たちに取り囲まれて、あわやボコボコにされるかという段になって、大福は慌てて飛び出して行く。

「ごめん、ごめん、この人さ、うちの事務所のタレントで――」

女の子たちの輪の中に入って、フェミおじさんを助け起こした。

「なに、このデブ」

巻き髪の女の子が、ついさっきと似たセンテンスで大福をなじる。

大福が「ごめん、ごめん」を連発してフェミおじさんを引っ張り出すと、思いがけないことにビスクドールに似た女の子が、パーッと顔を輝かせた。

「大福ちゃん、大福ちゃんだよねぇ。先月、スピカでカブト虫のものまねしてたでしょう。すごーい上手で、すごーい感動したぁ」

「へえ、すごい人なんだ」

「すごい人なんだよぉ。ものまねのスターなんだよぉ」

作り物みたいに整った容姿の女子高生に、そこまで云われて、大福は恐縮する。今にもここでカブト虫のものまねを披露しそうになったが、片手で捕まえたフェミおじさんの姿を見て、われに返った。

「このおっさん、ソフィアちゃんの弟子なんだ」

大福がでまかせを云うと、女の子たちは口ぐちに文句を云いだした。

いわく――やだ、全然ブッサイク。

また別にいわく――やめたほうがいいよ、じじい。将来的にも見込みゼロだし。

大福はフェミおじさんを引きずるようにして、その場を離れた。

登校中の女子高生たちの姿が見えない場所まで来ると、フェミおじさんは大福の手を振り払う。

「きみは、だれなんだね」

意外にも、まっとうなおじさんらしい口をきいた。しかも、高圧的だった。

「そんな格好して、女子高生にちょっかいかけていたら、そのうち警察に連れて行かれますよ。あの高校じゃ、あんた、職員室でも話題になっているらしいですからね」

「きみこそ、女子高の周りをうろちょろして、危ない人物なんじゃないのか」

「あのね、問題があるのはおじさんのほうでしょう。仕事とかなにやってんです？　会社に出勤する時間じゃないんですか？」

「だまりなさい。きみはわたしの上司のつもりかね」

フェミおじさんはひじょうに感じの悪い態度で、突き飛ばすようにして大福をどかせると、まるで小動物のような素早さで路地のほうへと駆け去ってしまった。

「変なオヤジ」

口に出して文句を云うことで憤慨を癒し、大福はおじさんに突かれた肩のあたりを手で払った。

＊

大福がその朝向かっていたのは、郷坂りつ子の屋敷だった。

この家でイタコおろしの芸を披露し、本当の霊魂が降りて来て——あるいはそんな幻覚を見て、ひっくり返ってしまったのは一昨日のことだ。まるで酔いつぶれた迷惑な客のように、布団の上に寝かされて、三十分ばかり「うん、うん」うなされていた。

「先日は失礼しました」

今朝こうして訪ねたのは、醜態をさらしたおわびと、クロエの云った「ホトケ送り」のことが気になったからだ。大福としてはあのとき、イタコおろしのお笑い芸を披露するつもりだったのだが、郷坂りつ子は次男の霊が降りて来るのを本気で待っていたわけだし、ことによると霊魂は本当に来たのかも知れない。

(まいっちゃうんだよな)

大福はイタコではなく、イタコの真似をする芸人だから、霊の降ろし方も知らない。もどし方も、もちろん知らない。たまたま降りて来てしまった霊に、いかにしてお帰りいただくかなんて、まったく知識がないのだ。

それに加えて、故人の姪が行方不明とくる。

占い師のクロエに、「ホトケ送り」をしないと霊障があると云われてみれば、あらゆるトラブルが大福のイタコおろしに帰結するような気がしてくる。——もっとも、郷坂志保理の失踪については、彼氏のところにでも居るのだろうと、大福は高をくくっていたのだが。

「ごめんください。また、おじゃまします」

一昨日と同じ、縁側続きの座敷に通されると、辺り一面に荷物がほじくりかえされていた。まるで引っ越しのようなありさまを見て、大福は「これは？」と驚いた。

「荷物の整理をしているんですよ。老い先短い自分の荷物と、亡くなった次男のものを、少しは片付けておこうと思いましてね」

そう云って、一昨日も見かけたバービー人形を詰め込んだ段ボール箱を示す。

「真次は男の子のくせに、こういう可愛いものが好きな子でした。大人になってからも集めていたらしいんですが、明美さんは嫌っていたようです。真次が亡くなってすぐ処分しようとしていたのを、わたしがもらってきたんですよ」

りつ子はさも愛おしそうに云うと、人形をひとつ抱え上げて、てのひらで撫でた。

可愛いというよりも、大の男が集めるものとしては、いささか異様だ。そう云いたいのを無理に呑み込んで、大福は他の話題を探した。

「あの――志保理さんが、ご両親とケンカしたそうですが、ここにお邪魔しているなんてことはないですか？」

りつ子の顔から子煩悩らしい笑みが消えて、人形を箱の中に戻した。

「志保理がどうかしたのですか？」

「ええと、親子ゲンカだそうで」

大福は言葉をにごして、あいまいに笑った。

りつ子は「やれ、やれ」といったふうにかぶりを振る。

「長男一家は、だれもわたしのところに寄りつきやしませんよ。家庭内が、いつもギスギスしているから、志保理はよく真次たちの家に逃げて行っていたみたいよ」

「亡くなった叔父さんの家に——ってことですか」

「ええ、真次と明美さんは、長男夫婦に比べたら、よっぽど優しいですからね」

りつ子はひざをかばうようにして立ち上がると、台所に立ってお茶を淹れる。

「明美さんは小さいとき、ままごと遊びで誤って、夾竹桃の花を食べてしまったことがあるんですって。あれには毒がありましてね、小さかった明美さんは、あやうく死にかけたらしいの。それなのに、あの人は真次のためだと云って、うちの夾竹桃の株をもらいに来たことがありました。明美さんは、本当に優しいお嫁さんで——」

「夾竹桃を？」

「夾竹桃の花には、真次の好きな蝶々が来るんですって」

そう云って、りつ子は濃い煎茶を運んできた。

美味いお茶だった。

大福はふくふくした両手で茶碗を抱え込むと、一口に飲んで「ふう」と息をつく。

お茶のカフェインのおかげだろうか、急にあたまが冴えてきた。一昨日のイタコおろしの最中に見た不可解な幻覚を、今ようやく冷静な心持ちで俯瞰《ふかん》できるような気がした。

（あれは、明美さんだったんだ）

泥団子とオモチャのバケツを持って笑っていた子も泣いていた子も、どちらも今の郷坂明美の面影をさかのぼり、幼くした顔だった。

だとすれば、大福が見たのは、幼少時に夾竹桃の花を誤食した明美のイメージだったのだろうか。

*

郷坂りつ子宅を出て、大福が次に向かったのは、『夾竹桃雀を求める会』というネットコミュニティの主宰者の住まいだった。

ウェブサイトに掲載されていた住所を探すと、目標の相手は、築年数が大福の年齢よりも古そうな木造アパートに住んでいた。

武藤周一郎。

ネットで見たのと同じ名前が、手書きで書かれて郵便受けの上に貼り付けてある。郷坂志保理がこのネットコミュニティに所属していたというのは、野亜からもらった情報である。今のところ、志保理に関することは、野亜から聞いたわずかな話のみにとどまっていた。

ここで手がかりが得られるか、そうでなければ志保理本人がここに身を寄せていれば、この件は解決するのだが。外泊して男のアパートに居たとなれば、また別の騒動が起きそうだ。大福は、ヒステリックな郷坂夫妻の様子を思い浮かべて、ゴリゴリと頭を掻いた。

(そこまでは、面倒みきれないよ)

ウィークデーだから留守だろうと思って鳴らした呼び鈴の向こうから、「はぁい」という野太い声がした。

「郷坂志保理さんの知り合いの者ですが、志保理さんがこちらにお邪魔してませんでしょうか?」

ドアを開けさせるのに、なにか体裁の良い作り話でもするべきかと思ったが、うまい文脈が考えられずに、大福は馬鹿正直なことを云った。

「志保理ちゃんが家出?」

ドアから顔を出したのは、実にむさくるしい三十男で、いくらなんでもこれが彼氏ではあるまいと思う。

「武藤周一郎さん？」

「そうですが、あんたは――」

と云ってから、武藤は「マジかよ」と笑って、大きなてのひらを叩く。

「あんた、シロクマ大福じゃない？　こないだ、スピカでカブト虫のパフォーマンスしてたでしょ。あれ、マジ傑作だった。よくカブト虫のこと観察してるよ、あんた」

「ええと――いちおう、プロだから」

大福が照れて口ごもるうちに、武藤はドアを大きく開けて1DKのアパートを見せた。

「志保理ちゃん、ここには来てないよ。なんなら、家探しでもしてく？」

ローカル限定でもタレントの訪問が嬉しかったのか、ちょうど人恋しいころあいだったのか、武藤周一郎は大福を部屋に上げた。

「今日はお仕事は――、なんて訊かないでよ」

狭いダイニングテーブルの椅子を引いて、武藤はおどけた声をつくる。

「失業中なんだからさ」

「よくあることですよ」

大福がとっさに選んだ言葉を発すると、武藤は「ありがとう」と云った。

「コーヒー飲む？　インスタントだけど」

「いや、前の家でお茶を飲んで来たんで――」

そう云って見回す部屋の中は、昆虫の標本と昆虫に関する本で埋め尽くされていた。昆虫の標本とは、大福の感覚では死んだ虫に他ならない。ダイニングテーブルの上にまで、その死んだ虫が置かれていて、大福は思わず四肢が粟立った。

「志保理ちゃんを探し回ってるわけ？　なんで？　知り合い？」

武藤は訊いてきたが、答えがほしかったわけでもなさそうだ。自分の分だけコーヒーを淹れると、一人で話を続ける。

「うちの会、『夾竹桃雀を求める会』ってのはね、雀の愛好会じゃなくて、夾竹桃雀っていう蝶々を求める会って意味なのな。蝶々っていうか、蛾なんだけどね」

「蛾を、求めているんですか？」

「あ、蛾だからって馬鹿にすんなよ。まるで迷彩柄で、ウソみたいにキレイなんだ。――つっても、写真でしか見たことないけど。夾竹桃雀は、九州より南じゃないと居ないんだよね。郷坂先生は、それが自分ン家の庭に居たって云ってたけど、いくらなんでも、そりゃあないと思う」

「郷坂先生って、郷坂真次さんのこと？」

「そう。あの人は、おれたちには先生って呼べる存在だった」

武藤は、みっちりと詰め込まれた本棚から『蝶たち、その優雅なるいとなみ』という単行本を引っ張り出す。大福が無理に買わされた、郷坂真次の著作だ。

「郷坂真次さんも、この会のメンバーなんだ？」

志保理のことで来たのに、ここでも真次の話になる。まさしく、郷坂真次に取り憑かれているといった気分だ。

武藤はこちらの当惑などお構いなしに、郷坂真次の著作とは別の、もう少し本格的な図鑑を開いてみせた。

「これが夾竹桃雀だよ」

それは、武藤の言葉どおり、迷彩柄のような緑色をした蝶々だった。

郷坂りつ子の家でイタコおろしをしたときに、三人の女の子たちにまとわりつくようにして飛んでいた、あの大きな蝶だ。

＊

一日、郷坂志保理が立ち寄りそうな場所を訪ね歩いたが、どこにもその気配にすら行きあたらなかった。

暮れ方、歩道橋を降りる途中、大福は背中を突き飛ばされて下まで転げ落ちた。元より丸い大福は、ころころとみごとなフォームで転がったが、転げ落ちたことには変わりない。見ていた人は喝采を送るべきか、助け起こすべきか迷ったようだが、腕をひねった大福が泣きそうな顔をしたので、ようやく手を差し伸べてくる。

伏木社長とクロエが駆け付けて、大福は生まれてはじめて救急車という乗り物に乗った。

「手首のねんざですね」

救急センターの医師はもの柔らかい声でそう告げ、大福はねんざごときで救急車を呼んでしまったことを、詫びることとなった。

「あんた、やっぱり、郷坂真次の霊に取り憑かれてるのよ」

そもそも郷坂りつ子の前でイタコおろしをするように云った社長が、大福のことをまるでバチ当たりのように云う。

「わたし、郷坂真次のこと、ちょっと調べたんだけど――」

タクシー乗り場まで歩きながら、クロエが云った。

「奥さんの明美さんとは同級生で、熱烈な恋愛結婚をしてんのよ。高校在学中に婚約して、二人が十八歳のときにすぐに籍を入れちゃったんだって。別に、子どもができて慌てたってのとは違うのよ。あの二人には、子どもが居ないし」

「俗に、仲が良すぎる夫婦には、なかなか子どもができないって聞くわね」

タクシーのドアが開くと、社長が先に乗り込んで、大福のアパートの住所を告げた。

クロエは運転手の隣のシートに乗って、二人を振り返る。

「郷坂真次さんと明美さんは、それくらい仲が良かったってことなんでしょうね」

「それは、結構なことで」

大福と社長に加え、運転手も一緒になってうなずいた。

＊

アパートにもどると、短足仕様にリフォームされた就活スーツが、テーブルの上に載っていた。

(そうか。面接、明日だった)

母が手縫いで直してくれたらしい。いかにも裾上げしましたという縫い目が目立って、ひじょうに格好悪い。

しかし、着てみたら、意外と似合った。

大福はものまね芸人なので、カブト虫の着ぐるみだろうが、サラリーマンのスーツだろうが、着た瞬間に似合ってしまうという特技がある。

(特技かあ)

『勝ち残る! 内定への道』と『面接官が明かす、採る人・採らない人』の上に置いてあった履歴書に名前を書きながら、大福は就職のことを考えた。

「加納商店株式会社──採用人数、一人。基本給、十四万円。手当、空欄。週休、一日。賞与の前年度実績、空欄。就業形態、フルタイムか……」

本当に自分は就職する気なのか。

「痛てて」

ねんざした腕が、急にズキンと痛む。

居酒屋・丸太で愚痴をこぼしたときのまま、大福の中ではなんの結論も出ていなかった。

5

翌朝、大福は郷坂明美の住まいを訪れた。

真新しい包帯が巻かれた左手を見て、明美は元から大きな目をもっと見開く。その面立ちがどこかバービー人形に似ていることに気づき、大福は郷坂真次があれほど人形を集めた理由が判った気がした。

「歩道橋でコケちゃいまして。こんな残暑なのに、包帯なんか巻かれて、まいっちゃいましたよ」

大福はおどけた様子で云いながらも、仏壇に線香を上げさせて欲しいと頼んだ。

――あんた、やっぱり、郷坂真次の霊に取り憑かれてるのよ。

昨夜、病院を出がてら、社長に云われたことだ。

社長は冗談のつもりだったのかも知れないが、これがけっこうツボに入っていた。なにしろ、その前夜はクルマに轢かれかけたわけである。大福は丸い顔をあおざめさせ、葛饅頭みたいな面持ちで仏壇の前に座った。

（おれに取り憑いているなら、とっとと離れてください。お願いします）

郷坂真次の位牌《いはい》をおさめた仏壇は、夫婦二人で暮らしていたこの新しい家に似合って、小振りなものだった。それに反して、庭の造りは年季が入っている。郷坂りつ子の住まいによく似て、同じ赤い花が咲き乱れていた。

「夾竹桃が、ここにもあるんですね」

「夫が好きだったものですから」

ここは郷坂真次の祖父の土地を譲り受け、古い家は取り壊したが、庭だけは元のままだという。帰りがてら、庭の花を眺めていると、奥のほうには井戸まであった。

「井戸水が使えるんですか？」

「いいえ。今は涸《か》れてしまって、庭のオブジェみたいなものですよ」

「夾竹桃雀は、この庭に現れるんですか？」

「夾竹桃雀？　ああ、蝶々ですね」

明美は頬にかかった髪の毛を払った。

「主人がよく、その蝶の話をしていました。いいえ、蛾でしたっけ。わたしは最後まで、虫のことは好きになれませんでしたけど」

明美は、ため息をつくような笑い方をした。

「すみません、これから主人の百ヵ日法要のことでお寺に参りますので」

「あ、そうでしたか。お忙しいときに、すみませんでした」

のんびりと庭を眺めていた大福は、慌てて頭を下げた。

「おもどりは、午後になりますか」

「ええ。午後の三時にはお寺を出ると思います」

小さな仏壇から流れてきた線香の煙が、空気に解けもせずに、まっすぐに井戸のあるほうへと吹かれていった。

＊

大福が昨夜の礼を云うために伏木プロダクションに行くと、野亜宛ての郵便物が届いていた。雑居ビルの狭苦しいエントランスに設置された郵便受けから、緩衝材入りの定形外郵便物がはみ出している。

野亜宛てなら、どうして自宅の住所にしないのか？

そう思って差出人を見たら、郷坂志保理と書いてあったから、驚いた。

「社長――社長――社長――大変です」

エレベーターを出て、短い通路をころころと転がるように走ると、事務所のドアを開ける。

「野亜ちゃんに志保理さんから手紙がッ――」と云いかけたら、学校に行っているはずの野亜が居た。客用ソファにねそべって、問題集を開いている。

「野亜ちゃん、なんでここに居るの？」

「今日、学校の創立記念日なの」

野亜はそう云って、ぷんと頰をふくらます。

「創立記念日の次の日に実力テストってさ、創立記念日を祝うなって云ってるのと同じだよね」

「どうせ、ただのお休みなら遊びに行っちゃうんでしょ」

伏木社長がまぜっかえすと、野亜は「当然」と云って問題集を閉じた。テーブルの上に横一列に並べたチョコボールを一粒つまんで、口に放り込む。

「それよか、大福ちゃんどうしたの？　ママに借金取りの内容証明でも来たとか」

「縁起の悪いこと云わないでよ」と、社長。

「いや、野亜ちゃんが居るなら、ちょうどよかった。野亜ちゃん宛ての郵便なんだ。郷坂志保理さんから」

「へ？」

伏木親子は同じ声で問い返す。

社長は格闘中のエクセル関数を放り出し、野亜も英語の問題集を放り出して、大福の差し出した郵便物に飛びついた。

「どうして、この事務所に送って来たのかしらね」

「たぶん、家の住所が判らなかったんじゃない。事務所だとホームページに住所も電話番号も書いてるから」

「なるほど」

吝嗇家の伏木社長は、経費節約のために自分で会社のウェブサイトを作っていた。これが意外にも玄人はだしの出来栄えで、だれかの口から「ホームページ」のひとことが出ると、社長はすぐにその苦労話を始めたがる。

「そもそもホームページのデザインは、スタイルシートっていう別のファイルを――」

「ママ、その話はいいから。大福ちゃん、それ早くちょうだい」

粘着力の強いノリで封緘《ふうかん》された封筒を、こじあけるようにして破ると、中からはスマートフォンがひとつこぼれ出た。他には、便せんもメモも、なにひとつ入っていない。

「早く早く、電源を入れてみなさい」

そばに来た社長が、急《せ》かすように云った。

「じゃあ、ポチッと」

起動する間の短い動画を経て、迷彩柄に似た羽模様の、蛾の待ち受け画像が現れる。

驚いた野亜は、その携帯電話を落としかけた。

「うわ、なにこれ」

「これは、夾竹桃雀だよ。でも、青森みたいな寒い土地には居ないんだ」

大福は得たばかりの知識を披露する。

「やだもー、郷坂さんたら、これ、どういう意味なの？　なんで、わたしに携帯なんか送ってくるわけ？」

野亜はぶつぶつ云いながら、あれこれとアイコンに触れていたが、メールの受信ＢＯＸを開いたときに手が止まった。そこには、彼氏との熱愛の軌跡が蓄積されていたからだ。

「うわ」

野亜が絶句した後、大福と社長も同じく「うわ」と云ったなり言葉を失った。

志保理の熱烈な恋の相手は、郷坂真次――実の叔父だったのである。

二人は昆虫――ことに夾竹桃雀について語り、この秘密の恋愛について語り、二人の将来について語っていた。

――自分をだまして一生を終えるなんて、つまらないことだと思うようになりました。ぼくは、もう妻を愛せません。毎日、きみと一緒に居たい。きみだけを見ていたい。きみを連れて、どこかに行ってしまえたらと、いつも思ってしまいます。

――それじゃあ、明美さんを捨ててください。だれにもなにも云わないで、わたしと一緒に行きましょう。叔父さんとわたしが、二人だけで生きていける場所が、きっとあるはずです。

――きみに叔父さんと呼ばれるたび、ちょっとした罪悪感を覚えます。その罪悪感に、うっとりしてしまうのも事実です。

──だったら何度でも叔父さんと呼びます。あなたを叔父さんと呼ぶ女は、この世でわたしだけなのですからね。

──きみと一緒に暮らす土地を探しています。庭の夾竹桃は、可哀想だけど放って行かねばなりません。集めた標本もすべて、置いて行きます。

──夾竹桃の居るところに住みましょう。でも、そうしたら、叔父さんはわたしよりも夾竹桃雀に夢中になってしまわないか心配。

秘密のやり取りに読みふけっていた三人は、同時にハッと息をついて顔を見つめ合った。

「こりゃまた、禁断の恋だわね」

伏木社長は感心したように云ってから、慌てて野亜の目をふさぐ。

「もう遅い。読んじゃったわよ」

野亜は母親の手を振り払いながら云った。

「これで謎はひとつ解けたどころか、ますます判らなくなったね。郷坂さん、彼氏のところに居ると思ったのに、その彼氏が実の叔父さんで、もう亡くなっちゃってるんだもん」

「とりあえず、叔父さんは亡くなったけど、叔父さんの家に居るってことはないの？」

「今朝、郷坂真次さんのところにお線香を上げに行ったけど、志保理さんが来ている様子はなかったですよ」

大福はそう云ったきり、ふぐ提灯のように頰をふくらませた。

「…………？」

思案顔の大福を見つめる伏木親子は、それぞれ人差し指をもたげて、大福の丸い頰をつっつこうとする。二人の指が頰に刺さる前に、大福がパンッと手を打ったので、伏木親子は驚いて目を丸くした。

「そうか――！」

「どうしたの？」

「社長、今日はソフィアちゃんは居ますか？」

「ゆ――ゆうべ、最終の新幹線で東京からもどって来たはずだけど。今ごろは、まだ寝てるんじゃない」

「なるほど――じゃあ、三時には間に合うな。それからクロエは、占いの仕事ですよね」

壁掛け時計を見てニタニタ笑いをした大福は、来たときと同じく転がるように事務所を出た。

＊

大福は、加納商店株式会社の採用面接を待っていた。

——自分をだまして一生を終えるなんて、つまらないことだと思うようになりました。

郷坂真次が書いたメールの一文が、大福の頭の中を、単純なメロディのようにクルクル回っている。

(ここで採用が決まったら、おれは自分をだまして暮らすことになるんだよな)

自分をだますとは、ものまね芸人をやめて、勤め人としてやり直すこと。

本当は学校を終えてすぐに就職して、自分をだまし始めていなければならなかったのかも知れない。ものまね芸人とはただの夢、夢は夢として押し込めて一生を終えるのが、常識というものだったのかも知れない。

(たとえば、郷坂真次の恋が実ってたら、大変なことになるもんな。人生、自分をだますことも必要なんだよな)

大福はわれ知らずカビの生えた大福もちみたいな顔になって、時計を見る。

面接が時間どおりに始まらなかったのは、面接官の一人が時間に遅れたためだった。

就活スーツに着替えた大福は、妙に似合うそのスーツを着て、加納商店株式会社に直行したものの、その面接官のおかげで、長らく待ちぼうけを食うことになった。

意外だったのは、出来レースのはずの面接試験に、他にも受験者が居たことだ。

大福が先に名乗ると、相手からは「白井怜雄《れお》ですッ」と、まるで面接会場に居るみたいな、緊張した声が返って来た。白井はハローワークの求人票を見て、面接に応募してきたらしい。

（ということは、おれのコネ採用は決定じゃないのかもな）

そうだとしたら、嬉しい。

しかし、痛々しいほど就活スーツの似合わない白井の姿はなんとも頼りなく、こいつには簡単に勝てちゃうかもと思うと、すぐに重たい気持ちがもどって来た。聞けば、この春に大学を出たばかりの新卒者で、いろいろタイミングが悪くて就職浪人になってしまったという。

「いろいろタイミングが悪かったというと？」

つい尋ねると、相手はまたしても面接官を前にしたかのように、ハキハキと答えた。

「他社の採用試験のときに、インフルエンザに罹《かか》りましてッ。次の試験のときは親が入院しましてッ。今度こそと思ったときには、乗ったタクシーが追突事故に遭いましてッ……」

ケガの治療に思わぬ時間がかかったが、退院してハローワークに行き、最初に見つけたのがこの加納商店株式会社だったという。

「こうして加納商店さまの求人に応募できたのも、運命というか、深いご縁だと確信しております ッ」

面接本番の気持ちから抜けられないらしい。大福が面接官ではなく競争相手だと気付いて、白井は慌てて頭を下げた。

「あ、いいえ――すみませんッ」

「いや、いいんです。お互いに頑張りましょう」

大福は心のこもらない声で云った。

――おまえが受けたくないと思っている面接をさ、本気で受けたがっているやつが居ることは忘れるなよ。おまえが入りたくないって思う会社に、本気で入りたいってやつも居るってこと、忘れるなよ。

居酒屋・丸太で四郎さんに云われたのは、こういうことだったのだなと思う。

給料も休みも少なくて、ボーナスもない。求人票を見ただけで、ゲンナリしていた大福だが、そんな気持ちは後付けの理由みたいなものなのかも知れないと思った。加納商店の給料がどんなに安くても、ものまね芸人よりは実入りがいいのだ。休みなんて云うに及ばず。だけど、ものまねの仕事が入るなら、休みなどないほうがいい。

（要するに、おれは面接を受ける前から、すでにサラリーマンとしてやる気がないわけ）

大福がそう思ったとき、ドアをノックする音がして、制服を着た女性事務員が顔を出した。

「では、最初に北村大地さんから。専務の菅田《すがた》が参りましたので、面接試験を始めます」

＊

控室から隣の面接会場である会議室に移り、大福は啞然とした。

遅れて来たという菅田専務が、見覚えのある人物だったのである。

驚くなかれ、野亜の通う女子高近くに出没していた、女装のフェミおじさんだ。

総務課長と営業課長にはさまれたフェミおじさんは、さすがに女装はしていなかった。くたびれた夏物のスーツに、くたびれたネクタイを締め、貧相な顔を気難しげにしかめている。

「あ！」

お互いに着ているものが替わっていたものの、フェミおじさんもこちらの正体に気付いたようだった。正体――とは、女装姿で女子高生にタコ殴りにされそうになっていたのを助けてくれた太った青年――という意味だ。

「あの」

大福はフェミおじさんこと菅田専務を見つめ、それからゆっくりと総務課長と営業課長を見やる。それぞれ、人事の責任者と、入社後の上司というわけだろう。

その二人を従えた菅田専務が因縁浅からぬ人物と知った瞬間、大福の心は決まった。

「お人払いを」

大福は、菅田専務を見つめて、時代劇みたいなことを云った。

「…………」

異様な緊張が生じ、総務課長と営業課長は戸惑い顔で上司を見た。

「よかろう」

菅田専務はこちらに合わせたのでもあるまいが、やはり時代劇の悪代官みたいな云い方をして、二人の課長に席を外すように云う。

大福のコネ採用の件は、課長たちも承知の上だろう。気づかわしげな視線を専務に向かって投げ、課長たちはのろのろと退席した。

「なるほど。重役出勤だったんですね」

「なんのことかね」

「前に朝っぱらから女子高の近くに……ええと、その……いらっしゃったものだから、ふだんはなにをやってるおじさんなのかなあと思って」

「よけいなお世話だ」

菅田専務は大福にちらりと視線を投げ、ふてくされたようにわきを向いた。

「勘違いしないでくれ。きみの採用の件が伝わる前に、人事担当がハローワークに求人票を出してしまったんだ。そうしたら、あの新卒の若いやつが——」

「白井くんですか？」

大福が控室の方角を指さしながら尋ねる。

「その白井とやらが、面接試験に応募してきた。試験前に断わるのも不体裁なので、彼にも形ばかり来てもらったというわけだ」

菅田専務は、大福と目を合わせないままで云う。

「きみが採用されることは、ご両親を通じて決定であることが伝わっているはずだ。なにも、こんな脅すような真似をしなくても——」

「いや、そうじゃないんですよ。逆なんです」

大福はキューピー人形を拡大したような手を、胸の前でぱたぱた振った。

「ぼくを不採用にしてくれませんか？」

「はあ？」

菅田専務は、ついついしとやかな所作で口を隠した。

「今、なんと云った？」

「実を云うと、ぼくには食べていけない本業がありまして、でもそれはぼく自身にはとても大切な仕事なんです。だからぼくは御社に採用になっても、全身全霊で勤務する自信がありません。――正直なところを申し上げますと、定年退職するその日まで、毎日毎日をいやいやながら過ごすに決まっています。

そんなの、お互いに不幸ですよね。加納商店には、そんなぼくよりも、もっとふさわしい新入社員が居るはずです」

大福は再び、白井の待つ控室のほうを視線で示した。

「ですから、ぼくを不採用にしてください」

競走馬は走るために生まれ、大福はものまねをするために生まれ、白井くんは加納商店で勤め上げるために生まれた。

そう思ってしまうと、ここ何日かの中ではじめて気持ちが晴れやかになった。

反面、ワルだくみが腹から透けて、大福は邪悪に笑った。

「そして、うちの両親には、納得がいくような理由を、でっちあげて欲しいんです。さもなきゃ、あなたの秘密の趣味――バラします」

「北村大地くん」

「シロクマ大福と呼んでください」

「大福くん、きみもワルよのお」

菅田専務はまた時代劇みたいな云い方をして、しかしどこかホッとしたように、長い息をついた。確かに、秘密の趣味のことを知る男が新入社員として会社に入ってくるくらいなら、従順な新卒者を入社させたほうがいいに決まっている。

「だったら——わたしは、なにをするために生まれたと思うね？」

菅田専務は、自分の革靴のつま先を見た。

「そりゃあ……加納商店株式会社の専務取締役を務めるためだと思います」

大福が答えると、菅田専務は細い目をギョロリと剝いてから、元のしかめっ面にもどる。それから、ぱんッ、ぱんッと高く手を打ち鳴らして課長たちを呼びもどし、大福の面接試験は終わった。

6

午後三時前に寺を出た郷坂明美は、駅前商店街を、自分の足音だけを聞きながら歩いていた。むかしは繁華だったこの通りも、今では人通りが減って、店の並びも変わってしまった。

高校時代、真次と二人で学校を途中で抜けて、よくこっちまで自転車を走らせて来た。あの当時はすでに、お互いに結婚しようと決めていたものだ。

二人で入った地下の喫茶店は、どの辺りだったろうか。

そう思って、閉店になった洋品店のガラス戸を見たとき、後ろを歩いている真次の姿が見えたように思った。

「――――？」

振り返るが、その姿はない。

代わりに、緑色の蝶々が飛んでいた。

まるで紙でこしらえたような、不自然な飛び方をする不細工な蝶々だ。

夾竹桃雀だと、すぐに判った。不本意ながら、夫の真次が心酔していたその虫のことを、明美もすぐに見分けられるようになっていたらしい。

虫好きの夫は、ことさら夾竹桃雀に夢中になった。

その蝶が夾竹桃を好むというから、義母の庭から株を分けてもらった。

本当は、明美は夾竹桃なんて花は大嫌いだった。子どものころ、バニラに似たおいしそうなにおいにだまされて、あの花を食べて死にかけたことがあるからだ。

そんなにも嫌いな花なのに、真次のためだと思えばこそ、二人で暮らす家の庭にも植えてやったのだ。

おかげで真次は夾竹桃雀が来てくれたと云っていたけど、どうやらそれは見間違いだったったらしい。同じ趣味の人にまで、ほら吹き呼ばわりされていたそうだから。

たった一人、姪の志保理だけが真次の言葉に耳を傾けていた。

志保理は、虫ばかり追いかけているのに、きれいな少女である。細くて少年のように伸びた四肢、虫採りばかりしているから、日焼けして褐色になった肌に大きな眼が子どもらしくいつもキラキラしている。まるで、バービー人形ではないか。

(——そうじゃないわ)

心の動くままに志保理の姿を思い浮かべていた明美は、痛みに似た感情に突き動かされて、頭をうろうろと動かした。デパートのショーウィンドウに、また真次の姿が見える。

振り返ってみたら、今度は気のせいではなかった。

十歩ほど離れた場所に、確かに真次が居たのである。

夾竹桃雀に似ていると云ってお気に入りだった緑色のポロシャツに、白いコットンパンツをはいている。ポロシャツに合わせた深緑の運動靴は、虫採りに行くときのために買ったものだ。

ちょうど来合わせたバスの扉の中に、真次は吸い込まれるように消えた。

また錯覚なのかと思いながらも、明美は追いかけるようにしてバスに乗る。

けれど、がら空きのバスの中に、夫の姿はなかった。

行き先を確かめなかったことに気付き、慌てて運転手に尋ねると、奇しくも最初から乗るつもりでいた路線だと判った。

すぐ前のシートで、学校帰りらしい高校生が二人、しきりとはしゃいでいた。

ずいぶんとてのひらの小さな子たちだ。

志保理の手は、もっと大きかった。

指が長くて、その繊細な指先が殺した蝶にピンを刺すのを見たとき、明美はゾッとしたのを覚えている。同時に、自分はどうして、真次と同じものを好きになれなかったのかと、口惜しくも思ったものだ。

女の子たちが小さな手を上げ、じゃれ合いながら降車ボタンを押す。

背の高いパンツスタイルの女が、ショートヘアの頭をツンと反らせて立ち上がった。

バスが停まり、前のシートの女の子たちが、笑い声を上げながら立ち上がる。

ショートヘアの女とぶつかりそうになり、女の子たちはなぜだか嬉しそうな嬌声を上げた。

それを呆れた心地で眺めるうち、明美はそこが自分も降りる停留所だと気付いて、慌てて立ち上がった。

「すみません、降ります。――すみません」

料金箱の前まで行って財布を取り出し、まごまごしていたら、最前列に座っていた若い男に舌打ちをされた。明美が居なければ、信号が変わる前に発車できたからだ。

ようやく小銭を探し、汗で手に貼り付いた整理券と一緒に料金箱の中に落とす。

運転手が丁寧な口調で「ありがとうございました」と云うのを聞き、明美は逃げるようにしてステップを下りた。

そこには女子高生もショートヘアの女の姿もすでになく——。

(ウソでしょ……?)

真次が歩いていた。

理髪店のある角を折れて、影が長くなり始めた歩道を、見覚えのある後ろ姿を追って行く。

真次は自宅の門の中へと、躊躇することなく入って行った。

夾竹桃の生垣を通り、飛び石を踏んで、裏庭へと進む。

その姿が植え込みに隠れたと思ったら、葉と葉の間から、二つの目がこちらを見ていた。

明美は息を呑んで立ち止まり、夫と対峙《たいじ》する。

相手は、とっくに、この世から消えてしまった者だ。

もどって来てくれたらと何度も願ったけれど、こうして見つめられると全身がすくんだ。

(わたしは悪くないわ。——そんな目で見るのはやめて)

心の中で念じてみたものの、真次の幽霊は射るように明美を見ている。

「やめてよ、わたしは悪くないって云ったでしょう！」

思わず叫んで、涸れ井戸の蓋を持ち上げた。

とうてい、明美一人の力では動かせないような重い木の蓋は、意外なほど軽々と持ち上がった。

けれど、明美はそのことを不思議とは思わなかった。つい四日前も明美はこの重たい蓋で井戸をふさいだのだから。

（そうよ。蓋でふさいで、おしまいにしたのよ。それなのに――）

蓋は鈍い音をたてて地面に転がり落ち、暗い井戸の底には、あの女がぺたりと尻を泥に埋もれさせて座っていた。

いまだに生きて、こちらを恨めしげに見上げる郷坂志保理である。

「いやだ。まだ生きてる――」

明美は、へなへなとその場に座り込んだ。

とたん、植え込みから郷坂真次の服を着たソフィアちゃんが、飛び出してきた。

クロエと伏木親子、なぜか就活スーツを着たシロクマ大福がそれに続く。

井戸の底の志保理は助け上げられ、舞っていた緑色の蝶は、赤い花の上に落ちてカサリと乾いた音をたてた。

緑色の蝶々が、事務所の客用のテーブルの辺りを舞っていた。

クロエは、しなるワイヤーを巧みに震わせて、まるで蝶が生きているかのように自在に動かしている。

＊

これは古くからある『浮連《うかれ》の蝶』という手品を、クロエが自己流にアレンジしたもので、大福から連絡を受けてたった二時間のうちに演じてみせた。

「大福って、社長よりも人使いが荒いよね。仕事中にいきなり電話をかけてきて、南国にしか居ない蝶々を飛ばせろなんて、普通の神経だったら云えないって」

「同感」眠っていたところを起こされたソフィアちゃんが、憤然とうなずく。

「同感」一緒に来るならエゴイストのかおりを落とすようにと云われた社長も、クロエの横に来て怒った顔をしている。

「さあて、種明かしをしてもらうわよ」

爪のとんがった指で頬を突かれ、大福は「痛いです」と云って事務所の中を逃げ惑った。

その背中を、紙でできた緑色の蝶々が追いかける。

「郷坂志保理さんが無事に見つかったんですから、皆さん、気持ちを大らかにして」

庭の古井戸から四日ぶりに助け出された郷坂志保理は、ケガをして、ひどく憔悴《しょうすい》もしていたが、命に別状はなかった。井戸の底からわずかに湧き出す水を飲んで、生き延びていたのである。

「志保理さんがどこに居るのか、おれにも判んなかったんです」

「どういうことよ」

クロエの蝶と社長の爪が、丸い頬につんつんと突っかかる。

大福は癇癪《かんしゃく》を起こした子どものように手をばたばたさせて、ソフィアちゃんの後ろに隠れた。ねんざした腕を動かしてしまい、「ぐえッ」と悲鳴を上げる。

「順を追って説明しますと、こういうことです」

郷坂志保理は昆虫採集に熱中することについて、日ごろから親に小言を云われていたが、新時代倶楽部の納涼会があった日、ちょっとしたきっかけで大袈裟な親子ゲンカに発展してしまった。大福がホテルの廊下で目撃してしまった愁嘆場が、それである。

父親に頬を打たれた志保理は、その場から駆け去り、叔父の家に駆け込んだ。昆虫採集の趣味をだれより理解してくれていたのが、叔父の真次だったからだ。

もっとも、叔父は亡くなって今は居ない。

しかし、いつも親切だった叔父の妻なら——明美なら、今度もかばってくれるものと信じていた。

一方で明美は、ずっと以前から夫と志保理の仲を疑っていた。どこまでの関係なのかは判らないが、この二人は互いに恋愛感情を持っている。それを思うたび、明美の頭の中に、ボッと熱が生まれた。

あんなに想い合って夫婦になったのに。

そう思うにつけ、明美は自分がすがり付こうとしている夫婦の絆が、絆などという古びた言葉を使えば使うほど、脆《もろ》くなっていくことに気付いていた。

真次は根っからの、ロリータ趣味だったのである。

ひじょうに若いときに結婚した二人だが、真次は明美という女に恋をしたのではなく、若くてまだ少女と呼べる年ごろの彼女に心を奪われたのだ。

今、中年にさしかかった明美は、真次にとって恋愛の圏外にあった。

そしてこともあろうに、姪に対して心が揺れたのだ。

真次にとって、志保理は理想的な女性だった。

なにしろまだ十七歳という若さであり、俗世のくだらないことには一切興味を示さず、ただ一途に真次と同じ夾竹桃雀を愛している。この一点で、若かったころの明美でさえ、志保理には勝てなかった。大嫌いな夾竹桃を庭に植えたくらいでは、虫好きの少女には太刀打ちできなかったのだ。

──わたしの夫なのに。

だから、夾竹桃を食べさせて夫を殺した。

あの植物には毒がある。子どものころに花を食べて死にかけた経験が、こんなときに活きるとは、皮肉なことだった。

──あの人の霊を降ろした芸人は、霊媒師でもないのに、わたしの夫殺しの場面を見た。

確かに大福は、幼い姿で現れた明美が、郷坂真次を殺すのを見てしまった。

大福がおのれの見た光景の真意を悟る前に、口封じをしなくてはと思った。

クルマで轢こうとしたり、歩道橋から突き落としたりしたのは、明美である。

明美はそんなことができてしまう女だった。

だから、志保理をだまして古井戸に突き落とした。

虫好きであることを両親に責められて、泣きながら助けを求めて来た志保理を、彼女はいたわるようにして迎え入れた。まるで小さな子どもをあやすようにして庭に連れて行き、こう云ったのだ。

──見て。あなたたちの夾竹桃雀が、お庭に来ているわ。あ、井戸の中に入った……。

あなたたちと云ったときの口惜しさといったら。

でも、とうとう志保理にも仕返しができた。

涸れ井戸に突き落としてやったのだ。

暗い穴の底で、ゆっくりと骨になっていけばいい。

「こんな感じで、明美という女はダンナを殺し、ダンナの姪っ子を殺そうとしたんです」

明美の口ぶりをリアルに真似る大福の語りに、聞いていた三人はしきりに寒気を覚えていた。

「でも、志保理さんがどこに居るのか、どうしても判らなかったんですよ。そこで、ソフィアちゃんに、郷坂真次の幽霊に化けてもらって――」

百ヵ日法要のことで寺に出向いた明美の帰りを待ち受けていたのは、大福に云われて駆け付けたソフィアちゃんだった。

「こんな格好、久しぶりにしましたよ」

ポロシャツにコットンパンツという、まっとうな男性の休日スタイルを披露して、ソフィアちゃんが居心地悪そうに云った。いつもの長い巻き髪がカツラだったのは意外だと、伏木プロダクションの面々は口ぐちに云う。

「ぼくは云われたとおり、郷坂真次の幽霊に化けて、庭の植え込みに半分だけ隠れて、『恨めしや～』って顔をしていたんです。そしたら、彼女は取り乱して、あの重たい井戸の蓋を一人で持ち上げてですね――」

神経が高ぶっていた明美は、恋敵の死を確かめようと古井戸の蓋を開けた。

湿気た円筒の闇の底から、ドロリとした恨みがましい目で見上げていた義理の姪の姿を見て、明美は腰を抜かしてしまう。それは志保理が生きていたことに安心したためか、あるいは落胆したためだったのか。

「安心したからだって信じたいわね」

郷坂明美は、夫殺しと、義理の姪への殺人未遂で逮捕された。

志保理が野亜に携帯電話を送ったのは、叔父の家に行くときに、なにか予感があったのかも知れない。大人は絶対に裏切るから、明美にも追い出されるようなことになったら、死んでしまおうと思ったらしい。実際には、追い出されるどころか、もっとひどい目に遭わされたのだが。

「あの携帯は遺書代わりだったそうです」

以前、学校でいじめられたときに、野亜がかばってくれたことを志保理は忘れていなかった。このままこの世から消えてしまうことになっても、自分の本当の気持ちを書いたメールを、適切に扱ってくれるだろう相手として、志保理は野亜を選んだ。

「さっき野亜から電話があって、志保理さんのお見舞いに行くって云ってたわ」

野亜が志保理に感化されて、虫好きになったら困ると、伏木社長は今から心配しているようだ。

「まあ、それはおいといて」

社長は大福の格好を頭の先からつまさきまで、じっとり眺めて詰問口調になる。

「種明かしは、もうひとつ。大福には、その就活スーツの謎を教えてもらいましょうか」

「え？」

大福は着慣れないスーツを着た自分を改めて見おろすと、こっちの云い訳を用意していなかったことに、いまさらになって気付いた。

「これは――これは、ですね……」

大福は言葉を探して口ごもり、それからふっくら丸い顔をお日さまの絵のように輝かせた。

「大丈夫です、社長。この就活スーツの件は、フェミおじさんがうまくやってくれますから」

大福を囲む三人は首を傾げて互いを見かわし、「意味が判らない」と文句を云いながら、それぞれの仕事にもどった。

この作品は書き下ろしです。原稿枚数386枚（400字詰め）。

不思議《ふしぎ》プロダクション

堀川《ほりかわ》アサコ

平成26年8月5日　初版発行

発行人——石原正康
編集人——永島賞二
発行所——株式会社幻冬舎
〒151-0051東京都渋谷区千駄ヶ谷4-9-7
電話　03(5411)6222(営業)
　　　03(5411)6211(編集)
振替00120-8-767643
印刷・製本—中央精版印刷株式会社
装丁者——高橋雅之

幻冬舎文庫

ISBN978-4-344-42240-7　C0193　ほ-10-1

幻冬舎ホームページアドレス　http://www.gentosha.co.jp/
この本に関するご意見・ご感想をメールでお寄せいただく場合は、
comment@gentosha.co.jpまで。